FRE
DOUGLA

DERICK

SS

NARRATIVA DA VIDA DE FREDERICK DOUGLASS

UM ESCRAVIZADO AMERICANO

tradução de

LUCIANA SOARES DA SILVA

apresentação e notas de

FÁTIMA MESQUITA

ilustração de

LUIZ MELLO

PANDA BOOKS

Direção editorial **Marcelo Duarte, Patth Pachas e Tatiana Fulas**
Gerente editorial **Vanessa Sayuri Sawada**
Assistentes editoriais **Henrique Torres, Laís Cerullo e Samantha Culceag**

Coordenação da coleção **Fernando Nuno e Silvana Salerno**
Design **Casa Rex**
Ilustração **Luiz Mello**
Revisão de tradução **Ana Clemente**
Preparação **Nina Rizzo**
Revisão **Maurício Katayama e Regina Rodrigues de Lima**
Imagem p. 1 **Frederick Douglass © B. F. Smith & Son/Library of Congress**
Impressão **Ipsis**

CIP-BRASIL. CATALOGAÇÃO NA PUBLICAÇÃO
SINDICATO NACIONAL DOS EDITORES DE LIVROS, RJ

D768n
Douglass, Frederick, 1818-1895
Narrativa da vida de Frederick Douglass: um escravizado americano / Frederick Douglass; tradução Luciana Soares da Silva; apresentação e notas de Fátima Mesquita; ilustração Luiz Mello. – 1. ed. – São Paulo: Panda Books, 2023. 152 p.; 23 cm.

Tradução de: Narrative of the life of Frederick Douglass, an American slave
ISBN 978-65-5697-288-6

1. Douglass, Frederick, 1818-1895. 2. Abolicionistas – Estados Unidos – Biografia. I. Silva, Luciana Soares da. II. Mesquita, Fátima. III. Mello, Luiz. IV. Título.

23-84472 CDD: 973.8092
CDU: 929 Douglass, Frederick

Meri Gleice Rodrigues de Souza – Bibliotecária – CRB-7/6439

2023

Um selo da Editora Original Ltda.
Rua Henrique Schaumann, 286, cj. 41
05413-010 – São Paulo, SP
Tel./Fax: (11) 3088-8444
edoriginal@pandabooks.com.br | www.pandabooks.com.br
Visite nosso Facebook, Instagram e Twitter.

The name
long and prete
Frederick Augu

on reaching
one with whom I had
one myself. Learning that
he promptly decided that
Bedford Massachusetts.
he said are fitted out there for whaling
Immediately after
John W. Richmond
New York and Newport

APRESENTAÇÃO

SOPA IMORTAL DE LETRINHAS NÍVEL HIGHLANDER MASTER

Então, aqui está você, decidida(o) — ou ao menos tentada(o) — a ler um clássico, um conjunto de palavras e ideias que um belo dia saiu da cabeça de uma escritora ou um escritor e que vem vindo, ano após ano, enredando leitores de todo tipo, de toda idade, de toda língua, de toda natureza. O que você tem nas mãos — se liga — já é só por isso um tesouro, porque, quando você mergulha na trama e no drama de um clássico, está participando de uma experiência coletiva inacreditável. Sente o poder?

Pois os clássicos são isso mesmo: são puro poder. Eles são o que fica, o que não se apaga, não se deleta, e a gente logo detecta que, vira e mexe, eles se esticam, crescem, muitas vezes virando filme, influenciando novos autores, roteiristas, letristas de música, poetas, autores de novelas, conversas de boteco e muito mais — sim, porque às vezes eles influenciam até a maneira como a gente vê o mundo, como se comporta nele... É um poder cósmico e concentrado aí numa sopa imortal de letrinhas nível *highlander master*! Bora encarar?

Ah, eu entendo. Às vezes a linguagem é tão estranha que a gente tropeça e cai de boca na preguiça. Outras vezes, o desânimo vem de trechos de descrição sem fim, ou uma cuspição de referências que cansam, umas trancas chatas, viu? E é verdade: tem uns períodos do passado escrito da nossa história de seres humanos em que as pessoas pareciam bater palma e passar pano direto pra isso na literatura.

Mas imagino cá com minhas teclas que você tenha uma cabeça aberta, certo? Então, escancara mesmo, se deixe levar por países, cidades, tempos, costumes, leis, tradições, sabores e amores tão distantes da gente, mas tão pertinho da nossa humanidade. Se larga aí num canto gostoso, se esparrama num sofá, ou cava espaço no aperto do trem, no sacolejo do ônibus, na zoeira do metrô e mergulha no classicão que aqui está. Você irá automaticamente adentrar uma *rave* de milhões de almas, de agora e do passado, que já curtiram o que você está prestes a decodificar neste instante. E deixe com os beques aqui a defesa da sua sanidade, porque a gente incluiu nestas páginas uma montanha de comentários que vão facilitar sua leitura, esclarecendo palavras, revelando contextos e tretas variadas — e várias vezes até abrindo novas portas para outras curiosidades que têm a ver com a história. E tudo isso com um bom humor danado! Então seja bem-vinda(o) à nossa coleção de clássicos internacionais: mete os peitos, *pow*!

FRED, FORÇA, FUGA E REINVENÇÃO

Frederick nasceu com tudo para dar errado. Nasceu quando certos brancos haviam decidido que podiam fazer a maldade absoluta de escravizar certos negros. Nasceu com o sobrenome de Bailey numa época e num lugar onde ele, por lei, não podia ser nada mais que uma coisa, uma propriedade. Só que o Fred era um lutador daqueles brabos e, apesar de tudo contra, conseguiu dar uma voadora no destino, passando a viver como sujeito livre, acreditado, um pensador, um escritor e, sobretudo, um agitador, um ativista dos direitos humanos que ajudou a fazer mudanças fundamentais acontecerem.

A semente da sua vida brotou numa fazenda do estado de Maryland, nos Estados Unidos, e sem data exata. A mãe ele conheceu, mas pouco, porque era parte do absurdo escravocrata separar bem rapidamente os bebês das suas mamães. Sobre o pai ele não tinha certeza alguma, apesar de uma forte desconfiança. O que Fred sabia bem era que era preciso insistir e resistir. E assim foi.

Ainda menino, Frederick foi despachado para outra fazenda e depois enviado para trabalhar numa casa em Baltimore. Na adolescência, ele teve outros endereços, mas sempre na mesma levada de opressão, pancadaria, injustiça e falta de acesso a coisas básicas que iam desde comida e cobertor até educação e, claro, aquela querida nossa, a liberdade.

Fred, no entanto, tinha esperança, mais o companheirismo de outros escravizados, e foi com a força própria e o vigor desse senso de coletivo que ele deu dribles incríveis na sua sina, ensinando a si próprio (e a outras pessoas) a ler e a escrever, fugindo duas vezes até encontrar um lugar onde ele pudesse ser de fato um cidadão e, a partir daí, deixando uma marca indelével na história do seu país; até chegou a ser conselheiro de Abraham Lincoln e Andrew Johnson, presidentes dos Estados Unidos.

No final, Fred morreu como homem livre, com o sobrenome de Douglass, que escolheu quando estava naquele processo de se reinventar em fuga. Morreu no dia 20 de fevereiro de 1895, em Washington, com mais ou menos 77 anos, depois de dois casamentos, cinco filhos, três livros, a fundação de alguns jornais e uma linda luta não só pela abolição, mas também pelos direitos das mulheres e contra a segregação racial.

SUA ARMA? PALAVRAS!

A obra do homem é extensa, e toda, toda recheada de propósito. O cara escreveu para revistas e jornais, e foi autor de inúmeros discursos, dentre eles o fantástico *What to the Slave Is the Fourth of July?* (O que significa o dia 4 de julho para o escravizado?), datado de 1852. Em termos de livros, todos de memórias, temos esta *Narrativa* de 1845, que foi um verdadeiro best-seller! Na sequência vieram *My Bondage and My Freedom* (Minha servidão e minha liberdade), de 1855, e ainda *A vida e a época de Frederick Douglass*, de 1881.

Muita gente também escreveu sobre ele ou usou parte dos seus escritos para compor antologias. E o nome do Fred batizou ponte, escolas e monumentos. Sem falar que o cara foi nada menos que o homem mais fotografado nos Estados Unidos do século XIX. Ou seja, bota celebridade nisso!

CONTRA AS CONTROVÉRSIAS

As coisas, no entanto, eram tudo, menos simples. Depois de livre, nosso lutador lidou no dia a dia com o preconceito em toda parte: trens, restaurantes, hotéis e pousadas separavam negros num canto e brancos noutro e havia muito aquele clima azedo antinegro no ar e que ainda hoje existe, mesmo que de forma mais despistada ou até mesmo diluída.

O cara também caiu em algumas ciladas, como uma acusação de ter participado de um protesto em que ele não estava, e que o levou a passar um tempo escondido no Canadá. Ou quando ele assumiu a presidência de um banco feito para ex-cativos e que estava mal das pernas. O troço faliu geral quatro meses depois e o deixou com uma fama meio ruim por um tempo.

Houve também outros momentos tensos, como quando ele convenceu dois filhos seus a irem pra batalha na Guerra de Secessão (a guerra civil dos Estados Unidos, de 1861 a 1865) ou quando se casou com a sua secretária branca e muitos anos mais nova após a morte da sua primeira esposa. Ah, sem falar no seu romance de 28 anos com Ottilie Assing, uma escritora e jornalista branca, filha de um médico alemão e judeu com uma mulher luterana.

Por fim, tem quem acuse seus escritos — em especial este livro aqui, seu primeiro — de ter muito do dedo dos brancos que lutavam pela abolição e que ficavam controlando um pouco do que Fred escrevia. Mas, cá entre nós, o Fred é maior que tudo isso. É um pioneiro, um exemplo, um destemido, um resistente. Sua vida não foi perfeitinha feito *script* de mocinho de Hollywood. Mas, cara, o homem fez história. Com um H bem maiúsculo.

Fátima Mesquita

MOMENTOS IMPORTANTES DA VIDA DOS ESTADOS UNIDOS ENQUANTO FRED ERA VIVO

1776 – Declaração da Independência: na Constituição, eles até escrevem *that all men are created equal* [que todos os homens nasceram iguais], mas se esquecem de colocar aí que eles estavam se referindo só aos homens brancos, certo?

1807 – O governo proíbe a importação de pessoas negras, de escravizados. A medida é bem-vinda, mas faz aumentar ainda mais o comércio de pessoas dentro das fronteiras entre estados. Além disso, crianças que nascem de mãe escravizada ganham de brinde o mesmo papel de escravizadas para a vida toda.

1861 – Começa a Guerra de Secessão nos Estados Unidos, que coloca o Sul (os Confederados) e o Norte (União) do país numa disputa que termina com mais de 600 mil mortos. O conflito surge por conta da divergência de ideias sobre a abolição – tendo o Sul como o grande perdedor. Secessão quer dizer separação – começou com alguns estados do Sul dos Estados Unidos se separando, como que para formar um país diferente, porque nos estados do Norte estava forte o movimento para abolir a escravatura, que os do Sul queriam manter.

1863 – Proclamação da Emancipação: o presidente Abraham Lincoln banca a briga e assina um documento garantindo a liberdade imediata dos escravizados em cada estado confederado do Sul assim que fosse conquistado pela União.

1865 – Fim da Guerra de Secessão. Lincoln é assassinado. A proibição da escravidão entra para a Constituição por meio da 13ª Emenda.

1870 – Os negros passam a ter direito de voto com a chegada de mais uma emenda, a 15ª, à Constituição dos Estados Unidos.

1895 – Morte de Douglass.

Publicado pelo Escritório Antiescravidão, nº 25, Cornhill. Entregue por Frederick Douglass, de acordo com Ato do Congresso, em 1845, ao escritório do Escrivão do Tribunal Distrital de Massachusetts.

O **número 25** da rua chamada **Cornhill** era o endereço em Boston em que o **escritório da Sociedade Antiescravidão de Massachusetts** funcionou de 1854 a 1859. A entidade organizava reuniões, publicava livros, escrevia petições e bancava palestrantes para falar em defesa da abolição (e dos direitos das mulheres) onde houvesse uma chance. Servia também como base de apoio para fugitivos, ajudando o pessoal a encontrar trabalho, entre outras coisas.

PREFÁCIO

NO MÊS DE AGOSTO DE 1841, participei de uma convenção abolicionista em Nantucket, na qual tive a felicidade de conhecer FREDERICK DOUGLASS, o autor da história a seguir. Ele era um estranho para quase todos ali; porém, tendo fugido havia pouco de uma prisão sulista de escravizados[1], e ansioso por verificar os princípios e as ações dos abolicionistas – sobre os quais havia escutado falar de uma forma um tanto vaga quando ainda era escravizado –, ele se sentiu persuadido a comparecer ao evento, na ocasião aludida, embora na época residisse em New Bedford.

Importante porto de Massachusetts ligado à indústria do óleo de baleia no século XIX, **New Bedford** era um dos destinos preferidos dos negros que fugiam da escravidão no Sul do país. Em 1853, a cidade tinha mais afro-americanos que qualquer outra dos Estados Unidos e – por isso mesmo – era um centro abolicionista.

Afortunado, o mais afortunado acontecimento!... Afortunado na opinião de seus milhões de irmãos acorrentados que ainda tinham esperança de se ver livres da terrível escravidão! Afortunado pela causa da emancipação dos negros e da liberdade universal! Afortunado pela terra de seu nascimento, que fez tanto para salvar e abençoar! Afortunado pelo seu grande círculo de amigos e conhecidos, cuja simpatia e cuja afeição tinha plenamente asseguradas pelo sofrimento que suportou, por seus virtuosos traços de caráter e pela lembrança constante dos que ainda estavam acorrentados, com os quais mantinha um laço. Afortunado pelas multidões, em

1 Esta tradução de Frederick Douglass usa a palavra "escravizado" também como substantivo (forma já dicionarizada), por corresponder a uso que se tornou corrente em nossa língua, conferindo atualidade e candência ao significado obtido com o termo "escravo", empregado tradicionalmente. (N. do E.)

várias partes de nossa república, cujas mentes iluminou no que diz respeito ao tema da escravidão, e que foram levadas às lágrimas por seu *páthos*, ou despertaram para uma indignação virtuosa graças à sua comovente eloquência contra os escravizadores de homens! Afortunado por ele mesmo, pois, de uma só vez, esse acontecimento o levou a se tornar uma figura modelar, "para o mundo saber o que é um HOMEM", avivou as energias adormecidas de sua alma e o consagrou à grande obra de quebrar o bastão da mão do opressor e libertar os oprimidos!

A palavra grega ***páthos*** significa sofrimento. É usada quando uma fala, uma música, uma peça de teatro, um texto, um quadro ou uma experiência desperta na gente uma tristeza misturada com empatia e compaixão.

A tragédia *Hamlet*, escrita por William Shakespeare, segue a obsessão do jovem príncipe Hamlet por descobrir a verdade sobre a morte do pai para poder vingá-lo e demonstrar que é "um homem".

Nunca me esquecerei de seu primeiro discurso na convenção: a extraordinária emoção que despertou em minha mente; a marcante impressão que criou no auditório apinhado, totalmente pego de surpresa; os aplausos que acompanharam suas oportunas observações do início ao fim. Acredito que nunca odiei a escravidão de forma tão intensa quanto naquele momento; minha percepção do enorme ultraje que é infligido por ela à natureza divina de suas vítimas ficou mais evidente do que nunca. Ali estava um homem, em proporção física e estatura, imperioso e exato, dotado de intelecto, um prodígio em eloquência natural; de alma claramente criada apenas "um pouco abaixo dos anjos"; contudo um escravizado, sim, um escravizado fugitivo, atemorizado por sua segurança, mal ousando acreditar que em solo americano fosse possível encontrar uma única pessoa branca que, mesmo diante de todos os perigos, pudesse lhe oferecer amizade, pelo amor de Deus e da humanidade. Capaz de grandes realizações como ser intelectual e moral, não precisando de mais nada além de uma pequena quantidade de sabedoria para tornar-se um ornamento para a sociedade e uma bênção para a sua raça; no entanto, pela lei da terra, pela voz das pessoas, pelos termos do código de escravizados, ele era apenas uma propriedade, um animal de carga, um bem pessoal!

A expressão "**um pouco abaixo dos anjos**" evoca a Bíblia, no Salmo 8:5: "Pois pouco menor o fizeste do que os anjos, e de glória e de honra o coroaste".

Foi na botânica e na zoologia que apareceu o conceito de **raça**, para ajudar na classificação dos tipos de seres vivos. No século XVII, foi feita uma divisão do humano em três raças: branca (europeia), amarela (asiática) e negra (africana), colocando a branca acima das outras. Aí está a raiz do nosso racismo estrutural que permanece até hoje.

Um querido amigo de New Bedford conseguiu persuadir o senhor DOUGLASS a falar na convenção. Ele chegou ao palanque com hesitação e embaraço, acompanhantes inevitáveis de uma mente sensível em uma posição tão nova. Após pedir desculpas por sua ignorância, e lembrando ao público que a escravidão era uma escola pobre para o intelecto e o coração humanos, ele começou a narrar alguns fatos de sua própria história como escravizado e, durante seu discurso, apresentou muitos pensamentos nobres e reflexões emocionantes. Assim que ele se sentou, eu me levantei cheio de esperança e admiração e declarei que PATRICK HENRY, de fama revolucionária, nunca havia feito um discurso mais eloquente pela causa da liberdade do que o que acabáramos de ouvir daquele fugitivo perseguido. Assim eu pensava na época e assim penso agora. Recordei ao público o perigo que rondava esse jovem homem do Norte, que havia emancipado a si próprio, mesmo em Massachusetts, solo dos Pais Peregrinos, entre os descendentes dos antepassados revolucionários; e apelei aos presentes, perguntando se permitiriam que ele fosse levado de volta à escravidão – independentemente de lei, independentemente de Constituição. A resposta foi unânime e pareceu um trovão: "NÃO!". "Vocês irão socorrê-lo e protegê-lo como um semelhante, um residente deste velho Bay State?" "SIM!", a massa gritou, com uma energia tão surpreendente que os impiedosos tiranos ao sul da linha Mason-Dixon poderiam ter ouvido aquela poderosa explosão de sentimento e a reconhecido como um compromisso de determinação invencível, por parte de quem a expressou, de nunca trair os fugitivos, mas de escondê-los e suportar com firmeza as consequências.

De imediato, ficou impressa em minha mente a ideia de que, se o senhor DOUGLASS pudesse ser persuadido a dedicar seu tempo e seu talento à promoção da luta contra a escravidão, um poderoso ímpeto seria dado à causa e um forte golpe seria infligido aos preconceitos do Norte

Patrick Henry (1736-1799) foi um dos heróis da independência dos Estados Unidos, sendo considerado um dos "pais fundadores" do país. Advogado e político branco da Virgínia, chegou a ter escravizados em seu nome, mas entendeu o absurdo daquilo e passou a lutar pela abolição da escravatura.

Pais Peregrinos é o nome com um quê de romântico dado a um dos primeiros grupos de ingleses a ir morar nos Estados Unidos. Era uma turma de umas cem pessoas, famílias de protestantes desgostosos com os rumos da Igreja Anglicana.

O estado de Massachusetts tem o apelido de **Bay State** porque tem no litoral as baías de Narragansett, Buzzards, Cape Cod e Massachusetts.

A **linha Mason-Dixon** demarcava a divisa entre Pensilvânia, Maryland, Delaware e Virgínia, separando informalmente os estados do Norte, sem escravidão, e os do Sul, com escravidão. Hoje, se fala em linha Mason-Dixon quando se quer apontar as diferenças culturais, sociais e políticas entre uma área e outra.

contra os negros. Assim, esforcei-me por incutir esperança e coragem em sua mente, a fim de que ele pudesse ousar envolver-se em uma vocação tão anômala e de tanta responsabilidade para uma pessoa em sua situação; fui auxiliado, nesse esforço, por amigos amorosos, em especial pelo agora falecido agente geral da Sociedade Antiescravidão de Massachusetts, o senhor JOHN A. COLLINS, cujo parecer nesse assunto coincidiu com o meu próprio. No início, o senhor Douglass não nos deu nenhum incentivo; com um acanhamento sincero, ele manifestou sua convicção de que não seria a pessoa adequada para a realização de uma tarefa tão grandiosa; o caminho a ser traçado era desconhecido; ele estava realmente apreensivo por achar que poderia fazer mais mal do que bem. Após muita deliberação, no entanto, ele concordou em fazer um teste e, desde então, tem atuado como conferencista sob a proteção da Sociedade Antiescravidão de Massachusetts e a dos Estados Unidos. Seus esforços têm sido numerosos; seu sucesso no combate aos preconceitos, em ganhar adeptos e incitar a mente pública, ultrapassou em muito as expectativas mais otimistas formuladas no início de sua brilhante carreira. Ele comportou-se com gentileza e mansidão e, ao mesmo tempo, com nobreza de caráter. Como orador público, destaca-se em *páthos*, eloquência, comparação, imitação, força de raciocínio e fluência de linguagem. Há nele a junção de mente e coração, indispensável para a iluminação das mentes e a conquista dos corações dos outros. Que sua força se mantenha inalterada! Que ele continue a "crescer na graça e no conhecimento de Deus" e possa ser cada vez mais útil à causa do expurgo da humanidade, seja em seu país, seja fora dele!

Anômalo > fora do padrão.

John A. Collins era um funcionário branco da Sociedade Antiescravidão de Massachusetts que, além de promover o movimento abolicionista, era olheiro – caçador de novos talentos que ajudassem a levar adiante a ideia do fim da escravidão. No caso aqui, do Douglass, o John foi treinando o cara, dando dicas e muitas vezes o acompanhando nos eventos.

"Crescer na graça e no conhecimento de Deus" é outra citação tirada da Bíblia. No caso, da Segunda Epístola de Pedro, 3:18.

Expurgo > purificação.

É, sem dúvida, um fato notável que agora, para a opinião pública, um dos mais eficientes defensores da população escravizada seja um escravizado em fuga, na pessoa de FREDERICK DOUGLASS; e que a população negra livre dos Estados Unidos seja tão habilmente representada por um dos seus, na pessoa de CHARLES LENOX REMOND, cujos apelos eloquentes conquistaram os mais estrondosos aplausos de multidões de ambos os lados do Atlântico. Que os caluniadores de negros sejam desprezados por sua baixeza e iliberalidade de espírito e, desde já, deixem de falar em inferioridade natural daqueles que precisam tão somente de tempo e oportunidade para atingir o ponto mais alto da excelência humana.

Talvez seja oportuno indagar se qualquer outra parcela da população da Terra poderia ter suportado as privações, os sofrimentos e os horrores da escravidão sem ter se degradado mais na escala da humanidade do que os escravizados de origem africana. Tudo foi feito para aleijar seus intelectos, turvar suas mentes, aviltar sua natureza moral, obliterar todos os traços de sua relação com a humanidade; e, no entanto, eles suportaram admiravelmente uma carga gigantesca da mais terrível escravidão, sob a qual ecoam seus gemidos há séculos! Com o intuito de ilustrar o efeito da escravidão sobre o homem branco – e mostrar que, em tais condições, ele não tem poder de resistência superior ao de seu irmão negro –, DANIEL O'CONNELL, ilustre defensor da emancipação universal, o mais bem-sucedido de uma prostrada mas não conquistada Irlanda, relata a seguinte anedota, em discurso proferido no Conciliation Hall, em Dublin, perante a Loyal National Repeal Association, no dia 31 de março de 1845: "Não importa que termo ilusório usemos para disfarçar, a escravidão não deixa de ser hedionda", disse o senhor O'CONNELL. "*Ela tem a tendência natural e inevitável de brutalizar todas as nobres faculdades do ser humano.* Um marinheiro americano naufragou na costa do continente africano e foi ali mantido como escravizado por três anos; ao final desse período, foi encontrado

---

Negro nascido livre em Salém, em Massachusetts, **Charles Lenox Remond** era, até a chegada do Douglass, o mais renomado palestrante não branco em eventos em prol da abolição. Foi também uma voz atuante na causa dos direitos das mulheres e deixou sua marca na luta contra a segregação de brancos e negros, em especial nos trens.

Em 1840, o Charles entrou num navio que **cruzou o oceano Atlântico** para participar da Convenção Mundial Antiescravidão de Londres, na Inglaterra, onde sua palestra recebeu uma chuva de aplausos. Por lá, ele foi o único afro-americano presente.

Iliberalidade > mesquinhez.

Na Irlanda do final do século XVIII, a maioria da população era católica. Só que eram os protestantes ingleses que mandavam ali, e, seguindo as ordens do rei, eles haviam cortado vários direitos dos católicos. **Daniel O'Connell** foi o líder de um movimento que lutou pra acabar com essa injustiça. E, entre outras coisas, ele apoiava também a abolição da escravatura, numa espécie de parceria com os abolicionistas dos Estados Unidos.

A **Loyal National Repeal Association** era a associação criada e liderada pelo O'Connell. Sua luta para repelir as novas medidas impostas pelos britânicos sobre os irlandeses católicos obteve algum sucesso, conseguindo estancar o avanço sobre os direitos deles, que tinham ficado sempre na pior.

Estultificado > imbecilizado.

Algaraviada é uma fala difícil de entender. (Cuidado aqui porque há um cunho preconceituoso: algaravia é sinônimo da língua árabe, escrita ou falada.)

O pessoal do Sul dos Estados Unidos defendia a ideia da escravidão dizendo que aquilo era uma tradição já deles, da região, que era uma instituição das casas e das famílias brancas, uma **instituição doméstica**.

embrutecido e estultificado: ele havia perdido todo o poder de raciocínio; e, tendo esquecido sua língua materna, era capaz de proferir apenas algumas algaraviadas selvagens entre o árabe e o inglês, as quais ninguém conseguia compreender e que ele mesmo encontrava dificuldade em pronunciar. Aí está a influência humanizadora da INSTITUIÇÃO DOMÉSTICA." Mesmo considerando que esse foi um caso extraordinário de deterioração mental, prova-se, ao menos, que o escravizado branco pode afundar-se tanto na escala da humanidade quanto o negro.

O senhor DOUGLASS decidiu escrever ele mesmo sua *Narrativa*, com seu estilo próprio e de acordo com o melhor de sua capacidade, em vez de fazê-lo por meio de outra pessoa. Trata-se, portanto, de produção inteiramente sua, e, considerando como foi longa e amarga a jornada que foi obrigado a percorrer como escravizado e quão poucas têm sido as oportunidades de aperfeiçoar sua mente desde que conseguiu livrar-se de seus grilhões, isso é, a meu ver, bastante meritório para sua mente e seu coração. Aquele que puder ler seu texto com atenção e sem lacrimejar, sem ter o peito agitado, sem se encher de uma aversão indizível pela escravidão e por todos os seus incitadores e de determinação para buscar a derrubada imediata desse sistema execrável; quem puder ler esse texto sem temer pelo destino deste país nas mãos de um Deus justo, o qual está sempre ao lado dos oprimidos e cujo braço não está encolhido a ponto de não ser capaz de salvar, deve ter um coração duro e ser qualificado para desempenhar o papel de traficante de "escravizados e de almas humanas". Tenho confiança em que esta *Narrativa* é verdadeira em todas as suas declarações, que, nela, nada foi apresentado com malícia, exacerbado ou fantasiado, e fica aquém da realidade, em vez de exagerar um único fato no que diz respeito à ESCRAVIDÃO COMO ELA É DE FATO. A experiência de FREDERICK DOUGLASS, como escravizado, não foi peculiar; seu destino não foi particularmente árduo; seu caso pode ser considerado um exemplo bastante preciso do tratamento dos escravizados em Maryland, estado em que se admite que eles são mais bem alimentados e tratados menos

"Cujo braço não está encolhido a ponto de não ser capaz de salvar" recorre ao livro de Isaías, 59:1: "Eis que a mão do Senhor não está encolhida, para que não possa salvar; nem agravado o seu ouvido, para não poder ouvir".

cruelmente que na Geórgia, no Alabama ou na Louisiana. Muitos sofreram mais nas plantações, enquanto bem poucos sofreram menos que ele. No entanto, quão deplorável era a sua situação! Que castigos horríveis foram infligidos a ele! Que ultrajes ainda mais chocantes foram perpetrados em sua mente! Com todos os seus nobres poderes e as suas sublimes aspirações, ele foi tratado como um bruto, mesmo por aqueles que professavam ter o mesmo entendimento que havia em Jesus Cristo! A que obrigações terríveis estava sempre sujeito, privado de conselho amigo e ajuda, mesmo em seus piores extremos! Quão implacável foi a meia-noite de aflição que envolveu de escuridão seu último raio de esperança e encheu seu futuro de terror e pessimismo. Que desejos de liberdade tomaram posse de seu peito e como sua miséria aumentava à medida que crescia em reflexão e inteligência – demonstrando, assim, que um escravizado feliz é um homem extinto! Quanto refletiu, raciocinou, sentiu, sob o chicote de seu algoz e com correntes em seus membros! Que perigos encontrou em seus esforços para escapar de seu terrível destino! E quão notáveis têm sido sua libertação e sua preservação em meio a uma nação de inimigos impiedosos!

Esta *Narrativa* contém muitos episódios comoventes, muitas passagens de grande eloquência e poder, mas acredito que a mais emocionante de todas é a descrição que DOUGLASS faz de seus sentimentos enquanto refletia sobre seu destino e as possibilidades de um dia vir a ser um homem livre, nas margens da baía de Chesapeake, vendo os navios que se afastavam enquanto suas asas brancas voavam com a brisa, apostrofando-as como se animadas pelo espírito vivo da liberdade. Quem pode ler essa passagem e ser insensível ao seu *páthos* e à sua sublimidade? Contida nela está toda uma biblioteca de Alexandria de pensamento, sensibilidade e sentimento – tudo o que pode, tudo o que precisa ser instigado, na forma de queixa, súplica, repreensão, contra o crime dos crimes: fazer do homem propriedade de seu semelhante! Quão amaldiçoado é esse sistema, que sepulta a mente divina do homem, desfigura sua imagem sagrada, reduz aqueles que, pela criação, foram

A **baía de Chesapeake** é um grande estuário – área que mistura água de rio com água de mar – que banha a costa de Maryland, da Virgínia e da capital do país, Washington.

Em **Alexandria**, no norte do Egito, os gregos criaram uma grande e importante **biblioteca** quando eles mandavam na área, no século III a.C. O lugar servia também como centro de pesquisa.

Besta > animal.

coroados com glória e honra ao nível de bestas de quatro patas e exalta o comerciante de carne humana acima de tudo o que se chama Deus! Por que deveria a existência desse sistema ser prolongada por uma hora mais sequer? Não se trata do mal, e apenas do mal continuamente? O que implica a sua presença senão a ausência de todo temor a Deus, de toda a consideração pelo ser humano, por parte do povo dos Estados Unidos? Que os céus acelerem sua derrota eterna!

"**Não se trata do mal, e apenas do mal continuamente?**" faz referência ao trecho bíblico do Gênesis, 6:5: "E viu o Senhor que a maldade do homem se multiplicara sobre a terra e que toda a imaginação dos pensamentos de seu coração era só má continuamente".

Muitas pessoas são tão ignorantes da natureza da escravidão que permanecem teimosamente incrédulas ao ler ou ouvir qualquer relato das crueldades que são infligidas todos os dias às suas vítimas. Não negam que os escravizados sejam tratados como propriedade, mas esse terrível fato parece não lhes transmitir alguma ideia de injustiça, exposição a ultrajes ou selvagem atrocidade. Conte-lhes dos flagelos cruéis, das mutilações e marcações a ferro quente, das cenas de desonra e sangue, do banimento de toda luz e de todo o conhecimento, e elas se mostram muito indignadas diante de tais exageros, da grande quantidade de declarações errôneas, das calúnias abomináveis a respeito do caráter dos fazendeiros do Sul! Como se todos esses horríveis ultrajes não fossem resultados naturais da escravidão! Como se fosse menos cruel reduzir um ser humano à condição de coisa do que submetê-lo a severa flagelação ou privá-lo de alimentos e roupas necessários! Como se chicotes, correntes, anjinhos, palmatórias, cães de caça, supervisores, feitores e patrulhas não fossem todos indispensáveis para manter o domínio sobre os escravizados e proteger seus impiedosos opressores! Como se, ao abolirmos a instituição do casamento, o concubinato, o adultério e o incesto não fossem se tornar abundantes; ao aniquilarmos todos os direitos da humanidade, alguma barreira pudesse permanecer capaz de proteger a vítima da fúria do saqueador; ao assumirmos um poder absoluto sobre a vida e a liberdade, ele não passasse a ser exercido de modo destrutivo! Esse tipo de cético abunda na sociedade. Em alguns poucos casos, sua incredulidade é consequência

Esses **anjinhos** são, em inglês, os *thumb-screws* [apertadores de dedão], anéis de ferro presos a um parafuso que, quando girado, aperta-os, esmagando assim os polegares do torturado. Note aí a tristeza do sarcasmo do nome dado à coisa em português.

da falta de reflexão, mas em geral indica um ódio à luz, um desejo de proteger a escravidão dos ataques inimigos, um desprezo pelos negros, sejam eles escravizados ou livres. Essas pessoas tentarão desacreditar os relatos chocantes, marcados pela crueldade da escravidão, registrados nesta fidedigna *Narrativa*, mas será um esforço vão. Com franqueza, o senhor DOUGLASS revelou seu local de nascimento, o nome dos que reivindicaram a propriedade de seu corpo e sua alma e os nomes dos que cometeram os crimes presentes em suas alegações. Portanto, suas declarações podem ser refutadas, se não forem verídicas.

Ao longo de sua *Narrativa*, ele relata dois casos de crueldade assassina: em um deles, um fazendeiro mata deliberadamente um escravizado pertencente a uma fazenda vizinha, que havia entrado em sua propriedade por acidente durante uma pescaria; e, em outro, um supervisor estoura os miolos de um escravizado que havia fugido para um córrego, a fim de escapar de um flagelo sangrento. O senhor DOUGLASS afirma que em nenhum desses casos tomou-se providência por meio de prisão legal ou de investigação judicial. O jornal *Baltimore American* de 17 de março de 1845 publicou um caso de semelhante atrocidade, perpetrado com a mesma impunidade, como se segue: "*Escravizado assassinado.* Soubemos, por meio de uma carta do condado de Charles, em Maryland, recebida por um cavalheiro desta cidade, que um jovem, chamado Matthews, sobrinho do general Matthews, e cujo pai, segundo se crê, trabalha em um escritório em Washington, matou um dos cativos da fazenda de seu pai com um tiro. A carta afirma que o jovem Matthews, a cargo da fazenda, deu uma ordem ao escravizado e foi desobedecido, quando então se dirigiu à casa, *pegou uma arma e, voltando, disparou contra o cativo*. Ele fugiu imediatamente, continua a carta, para a residência de seu pai, onde ainda permanece sem ser molestado". Importante não esquecer que nenhum escravocrata ou capataz pode ser condenado por qualquer ultraje infligido contra a pessoa de um escravizado, por mais diabólico que seja, tendo como base o depoimento de pessoas negras, livres ou não.

Flagelo > castigo físico. No caso, é uma surra de chicote.

De acordo com o código dos escravizados, essas pessoas são consideradas incompetentes para testemunhar contra um homem branco, como se fizessem, de fato, parte da criação animal. Dessa forma, não existe proteção legal de fato, seja qual for a forma, para a população escravizada; e qualquer volume de crueldade lhe pode ser infligido com impunidade. É possível para a mente humana conceber uma sociedade em estado mais horrível?

O efeito dos atos de fé religiosa na conduta dos senhores de escravizados do Sul é descrito de modo vívido na *Narrativa* que se segue e mostrou ser qualquer coisa, menos salutar. Pela natureza do caso, deve ser pernicioso no mais alto grau. O testemunho do senhor DOUGLASS, a esse respeito, é sustentado por uma nuvem de testemunhas, cuja veracidade é incontestável. "A declaração de fé cristã de um senhor de escravizados é uma impostura palpável. Trata-se de um criminoso da mais alta categoria. Um sequestrador. Não tem importância alguma o que é colocado do outro lado da balança."

Leitor! Sua simpatia e propósito estão com os sequestradores ou do lado de suas vítimas oprimidas? Se estiverem com os primeiros, então é inimigo de Deus e do homem. Se estiverem com os últimos, o que está disposto a fazer e a ousar em nome deles? Seja fiel, seja vigilante, seja incansável em seus esforços para destruir cada jugo e libertar os oprimidos. Aconteça o que acontecer, custe o que custar, inscreva na flâmula que se desenrola ao vento, como seu lema religioso e político: "NENHUMA CONCESSÃO À ESCRAVIDÃO! NENHUMA LIGAÇÃO COM OS SENHORES DE ESCRAVIZADOS!".

William Lloyd Garrison (1805-1879) foi jornalista e figura importante no movimento abolicionista dos Estados Unidos. Fundou o jornal *The Liberator* e ajudou a organizar a Sociedade Antiescravagista da Nova Inglaterra e, logo depois, a Sociedade Americana Antiescravidão – as primeiras organizações a lutar pela abolição nos Estados Unidos.

WM. Lloyd Garrison

Boston, 1º de maio de 1845

CARTA DO EX$^{\underline{MO}}$ WENDELL PHILLIPS

BOSTON, 22 DE ABRIL DE 1845

Meu querido amigo,

você deve lembrar-se da velha fábula "O homem e o leão", em que, em tom de crítica, o leão afirma que a representação que fazem dele não seria tão deturpada "se os leões escrevessem a história".

Alegro-me de que tenha chegado o dia em que "os leões escrevem a história". Já passamos tempo demais avaliando o caráter da escravidão por meio das provas involuntárias dos senhores de escravizados. Podemos ficar satisfeitos com o que costuma ser o resultado da análise dessas provas, sem ir mais longe para investigar se tal resultado se confirma em todas as instâncias. De fato, aqueles que vigiam um galão de milho por semana e adoram contar as chicotadas nas costas dos escravizados raramente são a "substância" de que são feitos os reformadores e abolicionistas. Recordo-me de que, em 1838, muitos esperavam pelos resultados da experiência nas Índias Ocidentais antes de virem para as nossas fileiras. Esses "resultados" já chegaram há muito tempo; mas, infelizmente, com eles, houve poucos convertidos. Um homem deve estar disposto a julgar a emancipação com base em outros critérios que não o de a produção de açúcar ter sido aprimorada – além de odiar a escravidão por outras razões que não

O inventor das fábulas, o grego Esopo, que viveu de 620 a.C. a 564 a.C., escreveu "**O homem e o leão**".

Geralmente, os **reformadores** são aquele pessoal que quer mudar para melhor muitas coisas, seja a sociedade, seja a Igreja etc. O termo é bastante usado para batizar dissidências religiosas.

Em 1833, o Reino Unido impôs uma **nova legislação** para as **Índias Ocidentais** – nome dado às colônias britânicas na América, com exceção do Canadá. Essas leis estabeleciam o fim da escravidão e o início de um sistema de aprendiz em que os ex-escravizados continuavam trabalhando de graça para os seus ex-proprietários por vários anos. Por pressão do povo britânico, no entanto, o governo teve que dar um passo à frente e extinguir legalmente a escravidão de forma direta em **1838**. A propósito: o nome "Índias Ocidentais" surgiu porque Cristóvão Colombo, no fim do século XV, pensou que tinha chegado à Índia, não a um continente ainda desconhecido pelos europeus – e, embora tenha praticamente caído em desuso, ainda é usado por bastante gente.

a fome dos homens e o fato de mulheres serem chicoteadas –, antes de estar pronto para dar o primeiro passo na vida abolicionista.

Fiquei feliz por descobrir, em sua história, quão cedo os filhos de Deus mais negligenciados despertam para o entendimento de seus direitos e da injustiça que os acomete. A experiência é uma professora perspicaz, e, muito antes de ter dominado seu abecê, ou de saber onde as "velas brancas" de Chesapeake seriam amarradas, você começou, vejo eu, a avaliar a desventura do escravizado, não por sua fome e por sua carência, não pelas chicotadas e pela labuta, mas pela morte cruel e degradante que se acumula em sua alma.

Em relação a isso, há uma circunstância que torna suas recordações peculiarmente valiosas e sua visão precoce mais notável. Você vem daquela parte do país onde nos é dito que a escravidão se apresenta com seus traços mais razoáveis. Ouçamos, então, o que ela é em seu melhor estado – olhemos para seu lado positivo, se existe um; e, então, a imaginação poderá se incumbir de adicionar linhas tenebrosas ao quadro, enquanto ela viaja para o Sul, para o Vale da Sombra da Morte (para o homem negro), por onde o Mississípi passa.

O rio **Mississípi** corta o estado de mesmo nome, no Sul dos Estados Unidos. Por volta de 1860, o estado tinha quase meio milhão de escravizados e foi o último a assinar a emenda constitucional que abolia a escravidão. Sério: isso só aconteceu em 1995!

Mais uma vez, nós o conhecemos há muito tempo e podemos depositar nossa inteira confiança em sua verdade, franqueza e sinceridade. Todos os que o ouviram falar sentiram-se convencidos de que você lhes dá uma amostra justa de toda a verdade, e, estou confiante, cada um que ler seu livro assim irá se sentir. Nenhum retrato unilateral, sem queixas generalizadas, mas justiça rigorosa sempre que uma bondade individual neutralizou, por um momento, o sistema mortal com o qual estava estranhamente aliada. Também já está conosco há anos e poderá comparar o crepúsculo dos direitos que sua raça desfruta no Norte com a "meia-noite" sob a qual trabalha ao sul da linha Mason-Dixon. Diga-nos, depois de tudo, se o homem negro parcialmente livre de Massachusetts está pior do que o escravizado mimado dos campos de arroz!

Fora a ironia da expressão "escravizado **mimado**" (*pampered slave*, no original), aqui se faz referência à planta *pampered* (nome em inglês para arroz), trazida pelos africanos para os Estados Unidos e que fez a fortuna de muita gente branca da Carolina do Sul. Aliás, no Norte do país é muito pouco comum que se coma arroz, mas no Sul são outros quinhentos. E existe até uma variedade típica dos pântanos da região, conhecida por lá como *Carolina gold* (*Oryza glaberrima*).

Ao ler sobre sua vida, ninguém pode dizer que escolhemos de modo injusto alguns exemplos de rara crueldade. Sabemos que as gotas amargas que você até fez escoar do copo não são agravos acidentais, não são males individuais, mas parte do que se deve misturar ao destino de todo escravizado. Elas são os ingredientes essenciais, não os resultados ocasionais do sistema.

Por fim, leio seu livro com temor por você. Alguns anos atrás, quando começou a me dizer seu verdadeiro nome e seu local de nascimento, você deve se lembrar de que eu o interrompi e preferi permanecer na ignorância desses fatos. Exceto por uma vaga descrição, assim continuei, até outro dia, quando você leu para mim suas memórias. Eu mal sabia, naquele momento, se agradecia ou não a você por me permitir conhecê-las, quando refleti que, em Massachusetts, ainda era perigoso que homens honestos dissessem seus nomes! Dizem que, em 1776, os pais da pátria assinaram a Declaração de Independência com uma corda no pescoço. Você também publica sua declaração de liberdade com o perigo a rondá-lo. Em todo o vasto território que a Constituição dos Estados Unidos cobre, não há um único local – por menor ou mais isolado que seja – em que um escravizado fugitivo possa instalar-se e dizer: "Estou a salvo". Em todo o arsenal das leis do Norte não há um escudo para você. Sou livre para dizer que, no seu lugar, jogaria esses originais no fogo.

Você talvez possa contar sua história em segurança diante do apreço de raros corações acolhedores, ainda mais raros pela devoção ao serviço dos outros. Mas será por causa apenas de seu trabalho e dos esforços destemidos daqueles que, ao atropelo das leis e da Constituição do país, estão determinados a "esconder os fugitivos" e fazer de seus lares, apesar da lei, um asilo para os oprimidos, se, em algum momento, o mais humilde puder andar em nossas ruas e testemunhar em segurança contra as crueldades de que foi vítima.

No entanto, é triste pensar que esses mesmos corações palpitantes que acolhem a sua história e formam sua melhor salvaguarda para que possa contá-la estão todos contrários ao "estatuto assim feito e disponibilizado". Continue,

Os negros escravizados, proibidos de saírem por aí livres, eram **caçados** quando fugiam, e isso estava na lei, no "estatuto assim feito e disponibilizado" – o código dos escravizados.

Os **Peregrinos foram para Massachusetts** porque estavam sendo **perseguidos** pelo rei do Reino Unido em função de suas crenças religiosas.

As **Carolinas** são os estados da Carolina do Sul e do Norte. De baixo pra cima, na costa atlântica do sul dos Estados Unidos, a gente tem a Flórida, a Geórgia, a Carolina do Sul, a Carolina do Norte e a Virgínia.

meu caro amigo, até que você e aqueles que como você se salvaram, como se pelo fogo[2], da prisão escura, tornem amplamente divulgado o caráter descontrolado e ilegal desse estatuto; e a Nova Inglaterra, livrando-se de uma União manchada de sangue, glorifique-se como um refúgio para os oprimidos – até que não nos limitemos a "*esconder* os fugitivos" ou nos orgulhemos de ficar parados enquanto eles são caçados em nosso meio, mas, consagrando novamente o solo dos Peregrinos como um asilo para os oprimidos, proclamemos tão alto o nosso acolhimento ao escravizado a ponto de fazer nosso eco chegar a todas as cabanas das Carolinas e o cativo entristecido pular de contentamento, pensando no velho Massachusetts.

Deus apresse esse dia!

Até lá, e sempre!

Sinceramente,

Wendell Phillips

Em 1835, o advogado **Wendell Phillips**, branco e rico, formado em Harvard, assistiu chocado a um bando de gente do bem – muitos até amigos dele – invadir o escritório antiescravidão de Boston, quebrando tudo e quase enforcando o responsável pelo local, William Lloyd Garrison. Do choque veio a ação: dois anos depois, Phillips largava seu trabalho para se dedicar em tempo integral ao movimento abolicionista, enquanto a família dele planejava interná-lo como lunático. Wendell chegou a ser presidente da Sociedade Americana Antiescravidão.

---

2 Referência ao trecho da Bíblia em Coríntios, 3:15. (N. da T.)

NASCI EM TUCKAHOE, perto de Hillsborough e a quase vinte quilômetros de Easton, no condado de Talbot, em Maryland. Não tenho conhecimento preciso da minha idade, nunca vi nenhum registro autêntico que a contivesse. A maior parte dos escravizados sabe tão pouco sobre sua idade quanto os cavalos têm ideia de quando nasceram, e, pelo que sei, é desejo da maioria dos senhores manter seus escravizados assim, ignorantes. Não me lembro de ter conhecido algum escravizado que fosse capaz de falar do seu aniversário. Raramente conseguem mais que uma mera indicação: a época do plantio, a época da colheita, a época das cerejas, primavera, outono. A falta de informação sobre meu próprio aniversário era fonte de infelicidade para mim já durante a infância. As crianças brancas sabiam dizer que idade tinham. Eu não sabia dizer por que era privado do mesmo privilégio. Não tinha permissão para fazer perguntas ao meu senhor a esse respeito. Ele considerava todas essas indagações, por parte de um cativo, impróprias e impertinentes, além de evidências de espírito inquieto. A estimativa mais próxima que posso fazer para mim mesmo agora é de vinte e sete ou vinte e oito anos. Chego a esse número por ter ouvido meu senhor dizer, em algum momento de 1835, que eu tinha perto de dezessete anos.

O nome de minha mãe era Harriet Bailey. Era filha de Isaac e Betsey Bailey, ambos negros e de pele bem escura. Minha mãe tinha a pele mais escura que minha avó ou meu avô.

Meu pai era um homem branco. Ele foi identificado como tal por todos de quem já ouvi falar sobre a minha filiação. O boato de que meu senhor era meu pai também me foi sussurrado; mas nada sei sobre a veracidade dessa opinião; os meios de saber me foram negados. Minha mãe e eu nos separamos quando eu ainda era bebê – antes de conhecê-la como minha mãe. É um costume comum, na parte de Maryland de onde fugi, separar os filhos das mães em idade muito tenra. Com frequência, antes que a criança atinja seu décimo segundo mês de vida, sua mãe lhe é tirada e alugada para trabalhar em alguma fazenda a uma distância considerável, e a criança é colocada sob os cuidados de uma mulher velha, velha demais para o trabalho no campo. Por que essa separação é feita, não sei, mas deve ser para impedir o desenvolvimento do afeto da criança por sua mãe e embotar e destruir a afeição natural da mãe pela criança. Esse é o resultado inevitável.

Não cheguei a ver minha mãe, conhecendo-a como tal, mais do que quatro ou cinco vezes na vida, e cada um desses momentos teve duração muito curta e aconteceu à noite. Ela foi contratada por um certo senhor Stewart, que vivia a quase vinte quilômetros de minha casa, e fez viagens no período noturno para me ver, percorrendo toda essa distância a pé, após sua jornada diária. Ela trabalhava no campo, e uma chicotada era a penalidade por não se apresentar ao trabalho ao nascer do sol, exceto quando um escravizado tinha uma permissão especial de seu senhor – uma permissão raramente recebida e que ainda dava ao senhor a fama de ser bondoso. Não me recordo de ter chegado a ver minha mãe à luz do dia. Ela estava comigo durante a noite. Deitava-se comigo e me fazia dormir, mas, muito antes de eu acordar, já havia partido. Entre nós, houve pouquíssima comunicação. A morte encerrou rapidamente o pouco que tínhamos enquanto viveu e, com ela, suas dificuldades e seu sofrimento. Minha mãe morreu quando eu tinha por volta de sete anos, em uma das fazendas de meu senhor, perto de Lee's Mill. Não me foi permitido estar com ela durante sua doença, sua morte ou seu enterro. Ela partiu muito antes de eu saber algo a respeito. Nunca tendo desfrutado, por período considerável, de sua presença reconfortante, de sua ternura e de seus cuidados, recebi a notícia de sua morte com emoção parecida à que teria sentido diante da morte de um estranho.

Levada assim de repente, ela me deixou sem o menor indício de quem era meu pai. O rumor de que meu senhor era meu pai pode ou não ser verdade e, verdadeiro ou falso, é de pouca importância para o meu propósito, uma vez que permanece o fato, gritantemente odioso, ordenado pelos senhores de escravizados e por lei estabelecida, de que filhos de mulheres escravizadas devem, em todos os casos, seguir a condição de suas mães; e, de forma demasiado óbvia, isso é feito para administrar a luxúria dos próprios senhores, tornando seus desejos perversos tanto rentáveis quanto aprazíveis; por meio desse astuto arranjo, em não poucos casos, eles sustentam a dupla posição de senhor e pai de seus escravizados.

Conheço casos assim, e é digno de nota que, invariavelmente, tais escravizados sofrem provações maiores e têm mais com que lutar que os demais. São, em primeiro lugar, uma constante ofensa à senhora, sempre disposta a encontrar-lhes faltas, sem nunca se demonstrar satisfeita ao vê-los sob o chicote, em especial ao suspeitar que o marido favorece seus filhos mestiços em relação aos outros escravizados. O senhor é com frequência obrigado a vender essa classe de cativos, por deferência aos sentimentos de sua esposa branca; e, por mais cruel que o ato possa parecer a qualquer um, para um homem vender seus próprios filhos a comerciantes de carne humana, trata-se, muitas vezes, do ditame de humanidade agindo por ele, pois, a menos que faça isso, deverá ele próprio não apenas chicotear seus filhos, mas ficar parado vendo um filho branco amarrar seu irmão, de pele apenas alguns tons mais escura que a dele, e dar chicotadas em suas costas nuas; qualquer palavra de desaprovação é relacionada à sua parcialidade parental, o que só agrava a situação, tanto para o próprio senhor quanto para o escravizado que ele estaria tentando proteger e defender.

Ditame > impulso.

Cada ano traz consigo uma multidão dessa classe de escravizados. Foi, sem dúvida, por conhecimento desse fato que um grande estadista do Sul previu a queda da escravidão pelas leis inevitáveis da demografia. Quer essa profecia se cumpra, quer não, é evidente que uma classe de pessoas de aparência muito diferente das que foram originalmente trazidas da África está surgindo no Sul e sendo mantida na escravidão, e, ainda que seu aumento não faça nenhum outro bem, acabará ao menos com o argumento de que Deus amaldiçoou Cam e, portanto, a escravidão nos Estados Unidos estaria certa. Se os descendentes lineares de Cam são os únicos cuja escravização estaria de acordo com as Escrituras, a escravidão no Sul deve tornar-se, em breve, antibíblica; pois são trazidos ao mundo, anualmente, milhares que, assim como eu, devem sua existência a pais brancos, os quais com muita frequência são também seus próprios senhores.

Já tive dois senhores. O sobrenome do meu primeiro senhor era Anthony. Não me lembro de seu primeiro nome. Ele era chamado de capitão Anthony – título que, presumo, adquiriu trabalhando em uma embarcação na baía de Chesapeake. Não era considerado um rico detentor de escravizados. Tinha duas ou três fazendas e uns trinta escravizados, todos sob os cuidados de um feitor. O nome do feitor era Plummer. O senhor Plummer era um bêbado miserável, um blasfemador aviltante e um monstro selvagem. Estava sempre armado com um chicote de couro e um pesado porrete. Era conhecido por machucar e golpear a cabeça das mulheres de forma tão horrível que até o senhor ficava furioso com sua crueldade e ameaçava chicoteá-lo caso não se comportasse. O senhor, no entanto, não era um proprietário de escravizados misericordioso – era necessária uma barbaridade extraordinária por parte de um feitor para afetá-lo. Ele era um homem cruel, endurecido por uma longa vida escravizando outros seres humanos.

A Bíblia diz que o Noé do dilúvio era pai de Sem, **Cam** e Jafé e que esse trio ficou encarregado de povoar o mundo. Aí, Noé encheu a cara um dia e foi deitar peladão na sua tenda. O Cam viu o pai naquela situação e correu pra contar tudo aos irmãos. O problema é que pai Noé ficou pê da vida com o flagra e a fofoca e resolveu jogar praga pra cima do filho, Cam, e do neto, Canaã, filho do Cam. Noé disse então que o menino ia ser "servo dos servos de seus irmãos".

Apesar daquilo, os três irmãos seguiram a vida, cumprindo a função de povoamento do mundo. Daí, segundo a narrativa que se formou com o tempo, surgiram os descendentes do Sem, os semitas, entre eles os judeus e os árabes; com Jafé foi a mesma coisa, dando origem aos brancos europeus; enquanto isso, Cam e seu filho Canaã deram origem aos chineses e japoneses, aos indígenas da América e da Austrália e ainda ao povo negro da África. E esse mito virou desculpa oficial para os cristãos escravizarem outros seres humanos, porque aquilo "estava previsto na Bíblia": os descendentes de Cam nasciam para servir aos outros.

O **capitão** Aaron **Anthony** foi proprietário da avó, da tia, da mãe e também do Douglass. Além de ter sua própria terra e de ser dono de gente escravizada, o capitão era ainda o gerentão da fazenda vizinha à dele, a Wye, que pertencia ao governador Edward Lloyd. Essa propriedade do político contava com 420 negros trabalhando de graça sob duras condições em 1810. Em 1826, Anthony morreu, deixando Douglass como herança para sua filha Lucretia e o marido dela, Thomas Auld.

Com frequência, parecia ter grande prazer ao chicotear um escravizado. Muitas vezes fui acordado, ao amanhecer, pelos gritos mais desoladores de uma tia minha, que ele costumava amarrar a uma viga para chicotear suas costas nuas até que ela estivesse toda coberta de sangue. Nenhuma palavra, nenhuma lágrima, nenhuma oração de sua vítima ensanguentada parecia alcançar seu coração de ferro e demovê-lo de seu propósito sangrento. Quanto mais alto ela gritava, mais duro ele a chicoteava, e, de onde o sangue corria mais depressa, ali ele chicoteava por mais tempo. Ele a chicoteava para fazê-la gritar, ele a chicoteava para fazê-la calar, e somente após ser vencido pela fadiga é que parava de agitar o chicote já repleto de sangue coagulado. Lembro-me da primeira vez em que testemunhei essa horrível exibição. Era bem criança, mas me lembro bem. Jamais me esquecerei disso enquanto tiver alguma memória. Foi a primeira de uma série de atrocidades das quais eu estava condenado a ser testemunha e participante. Aquilo me atingiu com uma força tremenda. Era o portão manchado de sangue, a entrada para o inferno da escravidão pela qual eu estava prestes a passar. Foi um espetáculo terrível! Quem me dera poder colocar no papel os sentimentos por conta de tudo aquilo que presenciei.

Essa ocorrência teve lugar pouco depois de eu ter ido viver com meu antigo senhor e nas seguintes circunstâncias: tia Hester havia saído certa noite – não sei para onde nem por quê – e, portanto, estava ausente quando meu senhor desejou sua presença. Ele havia lhe ordenado que não saísse à noite e a alertado para que nunca o deixasse apanhá-la em companhia de certo jovem, de propriedade do coronel Lloyd, que estava interessado nela. O nome do rapaz era Ned Roberts, conhecido como "o Ned do Lloyd". Por que meu senhor tinha tanto cuidado com ela, podemos conjecturar com bastante segurança. Minha tia era uma mulher de porte nobre e de graciosas proporções; entre as mulheres negras e brancas das redondezas havia pouquíssimas iguais e muito menos superiores a ela em aparência.

Tia Hester não só havia desobedecido às ordens de não sair como também tinha sido encontrada na companhia de Ned do Lloyd, circunstância que, descobri pelo que o senhor dizia enquanto a açoitava, constituía sua principal ofensa. Se ele fosse homem de moral pura, poderia se considerar que estivesse sinceramente interessado em proteger a inocência de minha tia, mas aqueles que o conheceram jamais poderão suspeitar que ele tivesse essa virtude. Antes de ter começado a chicotear tia Hester, ele a levou para a cozinha e a despiu do pescoço à cintura, deixando seu pescoço, seus ombros e suas costas inteiramente nus. Então disse a ela para cruzar as mãos, chamando-a de "cadela maldita"[3]. Em seguida, amarrou fortemente as mãos de minha tia com uma corda e a conduziu a um banco localizado debaixo de um grande gancho preso a uma viga, colocado ali para esse propósito. Ele a fez subir no banco e prendeu suas mãos no gancho. Ela estava, então, colocada para a finalidade infernal de meu senhor. Seus braços estavam esticados em seu comprimento total, de modo que ela precisava se manter na ponta dos pés. Ele então lhe disse: "Agora, cadela maldita, vou te ensinar a desobedecer a minhas ordens!"; depois de arregaçar as mangas, começou a açoitá-la com o pesado chicote, e logo o sangue morno e vermelho (entre gritos aflitivos dela e xingamentos horrendos dele) começou a pingar até o chão. Fiquei tão apavorado e horrorizado com aquela visão que me escondi no armário e não ousei sair de lá até muito tempo depois de terminada a sangrenta transação. Acreditava que a seguir seria a minha vez. Era tudo novo para mim. Nunca tinha visto nada assim. Vivera sempre com a minha avó nos limites da plantação, onde ela havia sido colocada para criar os filhos das mulheres mais novas. Portanto, até então, eu estivera fora do caminho das cenas sangrentas que muitas vezes ocorriam na fazenda.

Era comum deixar as **mulheres mais velhas**, que já não davam conta de outros trabalhos, **criarem os filhos das mais novas**, que, aliás, eram mesmo separados das mães ainda pequenininhos.

3 No original, "d——d b—-h". Frederick Douglass apresenta-nos, a todo tempo, um texto sério e respeitável, sem a utilização de palavrões. Diante de insinuações de termos rudes, a tradução constitui apenas uma suposição. (N. da T.)

A FAMÍLIA DE MEU SENHOR consistia em dois filhos, Andrew e Richard, e uma filha, Lucretia, que tinha como marido o capitão Thomas Auld. Moravam todos em uma mesma casa, na fazenda-sede do coronel Edward Lloyd. Meu senhor trabalhava para o coronel Lloyd como superintendente. Era o que se pode chamar de feitor dos feitores. Passei dois anos da minha infância nessa fazenda, com a família do meu antigo senhor. Foi ali que testemunhei a transação sangrenta registrada no primeiro capítulo; e, como tive minhas primeiras impressões sobre a escravidão nessa fazenda, darei uma descrição dela e da escravidão tal como existia. A fazenda fica a quase vinte quilômetros ao norte de Easton, no condado de Talbot, situada às margens do rio Miles. Os principais produtos cultivados eram tabaco, milho e trigo. Todos eram cultivados em grande abundância, de modo que, com os produtos dessa e de outras fazendas que lhe pertenciam, meu senhor pôde manter em uso quase constante um grande saveiro, transportando-os para o mercado de Baltimore. Esse saveiro recebeu o nome de *Sally Lloyd*, em homenagem a uma das filhas do coronel. O genro de meu senhor, o capitão Auld, era o comandante da embarcação, tripulada pelos próprios escravizados do coronel, Peter, Isaac, Rich e Jake. Eles eram muito estimados pelos demais escravizados e vistos como os privilegiados da fazenda, pois não era pouco, aos olhos dos outros escravizados, ter permissão de ver Baltimore.

Também conhecido como **Edward Lloyd V**, o coronel foi governador de Maryland de 1809 a 1811 e senador entre 1818 e 1824. Era casado com Sally Scott Murray, com quem teve três filhos e quatro filhas – nenhuma delas batizada com o nome de Sally.

Baltimore é cidade e grande porto no estado de Maryland. Lá foi composta a música *The Star-Spangled Banner*, hino dos Estados Unidos.

Na verdade, o nome do saveiro foi em **homenagem** à esposa dele, Sally Scott Murray.

O coronel Lloyd manteve de trezentos a quatrocentos escravizados na fazenda-sede e um número muito maior nas fazendas vizinhas de sua propriedade. Os nomes das fazendas mais próximas eram Wye Town e New Design. Wye Town era administrada por um homem chamado Noah Willis. New Design estava sob a administração de um certo senhor Townsend. Os capatazes dessas e de todas as outras fazendas, que somavam mais de vinte, recebiam conselhos e orientações dos administradores da sede. A sede era o grande centro dos negócios e o núcleo da administração de todas as mais de vinte fazendas. Todas as disputas entre feitores eram resolvidas ali. Se um escravizado fosse condenado por qualquer delito grave, caso se tornasse incontrolável ou demonstrasse inclinação para fugir, era levado até a sede, severamente chicoteado, colocado a bordo do saveiro, transportado para Baltimore e vendido a Austin Woolfolk, ou a algum outro comerciante de escravizados, como aviso para os demais.

Quando houve a proibição de escravizar e trazer mais negros da África, em 1807, surgiu a oportunidade de vender gente de um estado para outro. E essa era a especialidade de **Austin Woolfolk**, dono da empresa de maior sucesso nesse ramo ultrainfame.

Também ali os escravizados de todas as outras fazendas recebiam sua provisão mensal de alimentos e roupas para o ano. Os homens e as mulheres recebiam, mensalmente, três quilos e meio de carne de porco, ou o equivalente em peixe, e quase vinte e cinco quilos de farinha de milho. As roupas consistiam em duas camisas de linho grosso, um par de calças do mesmo material, um casaco, um par de calças para o inverno feitas de um tecido negro grosso, um par de meias e um par de sapatos; o custo total não devia passar de sete dólares. A provisão das crianças era entregue às mães, ou às velhas que cuidavam delas. As crianças impossibilitadas de trabalhar no campo não recebiam sapatos, meias, casacos ou calças; seu vestuário consistia em duas camisas de linho grosso por ano. Quando essa roupa já não lhes servia, ficavam nuas até o dia da próxima provisão. Crianças de sete a dez anos, de ambos os sexos, podiam ser vistas quase nuas em todas as estações do ano.

As tais **camisas** eram, de fato, uns camisolões.

A cama não era fornecida aos escravizados, a menos que se considere como tal um cobertor grosseiro, o qual apenas os homens e as mulheres recebiam. Essa, no entanto, não era considerada uma grande privação. Eles encontravam menos dificuldade na falta de camas do que na falta de tempo para dormir, pois, quando o trabalho no campo terminava, a maioria ainda devia lavar, costurar e cozinhar, tendo poucas ou nenhuma das instalações apropriadas para alguma dessas coisas; assim, muitas de suas horas de sono eram consumidas no preparo para o trabalho do dia seguinte no campo; finalizado esse preparo, velhos e jovens, homens e mulheres, casados e solteiros, caíam lado a lado, em uma cama comum – o chão frio e úmido –, cada qual se cobrindo com seu cobertor miserável; e ali dormiam até serem convocados ao campo pela corneta do feitor. Ao ouvir isso, todos deviam se levantar e ir para o campo. Atrasos não eram tolerados; cada um devia se apresentar ao seu posto; e ai daqueles que não ouviam a convocação matinal para o trabalho; se não despertavam pela audição, eram despertados pelo tato, e nem a idade nem o sexo eram razões para favorecimentos. O senhor Severo, o feitor, costumava ficar na porta do alojamento, munido de um grande bastão de nogueira e de um pesado chicote, pronto para chicotear qualquer um que tivesse o azar de não ouvir o toque ou, por qualquer outra causa, não conseguisse se apresentar no campo ao som da corneta.

O senhor Severo havia sido corretamente nomeado: ele era um homem cruel. Eu o vi açoitar uma mulher a ponto de seu sangue escorrer por meia hora, e isso diante dos filhos dela, que choravam suplicando pela libertação da mãe. Ele parecia sentir prazer em manifestar sua barbárie diabólica. Para além de cruel, era um praguejador aviltante. Ouvi-lo falar era o suficiente para gelar o sangue e arrepiar os cabelos de um homem comum. Dificilmente proferia uma sentença que não fosse iniciada ou concluída por alguma maldição hedionda. O campo era o lugar para testemunhar sua crueldade e sua profanação. Sua presença fazia daquele local um campo de sangue e blasfêmia. Do nascer ao pôr do sol, ele amaldiçoava, xingava, praguejava entre os escravizados da forma mais assustadora. A sua carreira foi curta. Ele morreu logo depois de eu chegar à casa do coronel Lloyd. E morreu como viveu: proferindo, com seus gemidos moribundos, pragas amargas e maldições horríveis. Sua morte foi considerada pelos escravizados uma obra de misericórdia da Providência. O lugar do senhor Severo foi ocupado por um tal de senhor Hopkins. Esse era um homem muito diferente. Era menos cruel, menos profano, e fazia menos barulho do que o senhor Severo. Seus procedimentos não eram caracterizados por nenhuma demonstração extraordinária de crueldade. Ele chicoteava, mas parecia não ter nenhum prazer nisso. Foi chamado pelos escravizados de um bom feitor.

A fazenda-sede do coronel Lloyd se parecia com uma vila rural. As operações mecânicas para todas as fazendas eram realizadas ali. A produção e o conserto dos sapatos, os trabalhos de serralheria e carpintaria, os reparos nas carroças, a produção de tonéis, a tecelagem e a moagem de grãos eram executados pelos escravizados. O local tinha um aspecto de negócio sério e dinâmico, muito diferente das fazendas vizinhas. O número de casas também conspirava para destacá-la em relação às outras fazendas. Os escravizados chamavam o local de "a Fazenda do Casarão". Poucas regalias eram consideradas melhores pelos cativos das fazendas do entorno do que ser selecionado para realizar afazeres na Fazenda do Casarão. Em sua mente, o local estava associado à grandeza. Um político não poderia ficar mais orgulhoso de sua eleição para um assento no Congresso americano do que um escravizado de uma das fazendas do entorno estaria ao ser escolhido para realizar tarefas na Fazenda do Casarão. Entendiam isso como evidência de grande confiança depositada neles pelos feitores; em consequência, além do desejo constante de ficar longe do campo e do chicote do feitor, consideravam isso um grande privilégio, pelo qual valia a pena levar uma vida cautelosa. Aquele a quem era conferida essa honra com mais frequência passava a ser considerado mais inteligente e confiável. Os que competiam por essa posição procuravam agradar aos seus feitores, assim como os candidatos a cargos nos partidos políticos procuram agradar ao povo e enganá-lo. Os mesmos traços de caráter encontrados nos escravizados dos partidos políticos podem ser encontrados nos do coronel Lloyd.

Os escravizados escolhidos para irem à Fazenda do Casarão buscar a própria provisão e a dos companheiros se mostravam particularmente entusiasmados. No caminho, suas canções reverberavam por quilômetros ao redor pelas densas e antigas florestas, revelando ao mesmo tempo a mais alta alegria e a mais profunda tristeza. Eles compunham e cantavam à medida que avançavam, sem considerar o tom ou o ritmo. O pensamento que lhes viesse à mente saía – se não na palavra, no som, e com frequência em ambos. Às vezes cantavam o sentimento mais lastimoso no tom mais extasiante, e o sentimento mais extasiante no tom mais lastimoso. Em todas as músicas, conseguiam tecer algo sobre a Fazenda do Casarão. Em especial quando estavam a caminho dela. Nesses momentos, cantavam exultantes as seguintes palavras:

> Estou indo embora para a Fazenda do Casarão!
> Oh, sim! Oh, sim! Oh!

Cantavam isso como um refrão, com palavras que para muitos pareceriam jargão sem sentido, mas que eram cheias de significado para eles. Por vezes penso que a mera audição dessas canções seria mais eficaz para convencer algumas mentes sobre o caráter horrível da escravidão do que a leitura de volumes inteiros de filosofia sobre o assunto.

Quando escravizado, eu não entendia o significado profundo daquelas canções rústicas, aparentemente incoerentes. Eu estava dentro do círculo, de modo que não via nem ouvia como os de fora podem ver e ouvir. Aquelas músicas contavam uma história de infortúnio que estava, então, além da minha parca compreensão; suas notas eram altas, longas e profundas; exalavam a prece e o lamento de almas que transbordavam a mais amarga angústia. Cada nota era um testemunho contra a escravidão e uma súplica a Deus pela

O uso recorrente do termo "**alma**" na escrita do Douglass faz todo o sentido, porque os defensores da escravatura afirmavam que os negros não tinham alma e que, portanto, estavam mais próximos de animais do que de humanos, o que justificava moralmente, para os cristãos, o tratamento desumano.

libertação das correntes. Ouvir aquelas notas rudes sempre deprimia meu espírito e me enchia de uma tristeza inefável. Muitas vezes me pego em lágrimas ao ouvi-las. A simples lembrança dessas canções, mesmo agora, me aflige, e, enquanto escrevo estas linhas, uma expressão de sentimento já encontrou seu caminho pelo meu rosto. A essas músicas atribuo minha primeira compreensão, ainda superficial, do caráter desumanizador da escravidão. Nunca pude me livrar daquela impressão. Essas canções permanecem comigo, aprofundando meu ódio à escravidão e intensificando minha simpatia por meus irmãos acorrentados. Se alguém quiser ser tocado pelos efeitos sufocantes da escravidão, que vá até a fazenda do coronel Lloyd e, no dia da provisão, embrenhe-se por entre os pinheiros; ali, em silêncio, analise os sons que hão de passar pelas câmaras de sua alma – e, se não ficar impressionado, será apenas porque "não há carne em seu coração de pedra"[4].

Também chamados de música escrava, sons do cativeiro, canções de tristeza e, mais tarde, de *spirituals* ou ainda *jubilees* nos Estados Unidos, os **cantos dos escravizados** eram música sem acompanhamento de instrumentos, porque desde 1739 havia leis classificando os tambores como armas e proibindo, assim, o seu uso por negros. Além disso, costumavam ter estrutura de diálogo, com uma ou mais vozes chamando e outra voz ou vozes dando resposta ao comando.

Muitas vezes me vi atônito, desde que vim para o Norte, ao encontrar pessoas que falam do canto dos escravizados como um sinal de seu contentamento e sua felicidade. É impossível conceber erro maior. Os escravizados cantam mais quando estão mais infelizes. As canções do escravizado representam as dores de seu coração; ele se alivia com elas, da mesma forma que um coração partido só se alivia com lágrimas. Pelo menos, essa é a minha experiência. Muitas vezes cantei para afogar minha tristeza, mas raramente para expressar minha felicidade. Chorar de alegria e cantar de alegria eram coisas incomuns para mim enquanto estive nas garras da escravidão. O canto de um náufrago em uma ilha deserta pode ser considerado como evidência de contentamento e felicidade tanto quanto o canto de um escravizado; as músicas de um e de outro são suscitadas pela mesma emoção.

4 Referência ao trecho da Bíblia em Ezequiel, 36:26. (N. da T.)

O CORONEL LLOYD MANTINHA UM JARDIM grande e finamente cuidado que demandava o trabalho quase constante de quatro homens, além do jardineiro-chefe (senhor M'Durmond). Esse jardim era a maior atração do local. Durante os meses de verão, as pessoas vinham de longe e de perto – de Baltimore, Easton e Annapolis – para vê-lo. Abundava em frutas de quase todos os tipos, desde a robusta maçã do Norte até a delicada laranja do Sul. Esse jardim não representava a menor fonte de problemas na fazenda. Seus excelentes frutos eram uma tentação e tanto para os enxames famintos de crianças, bem como para os escravizados mais velhos, pertencentes ao coronel, poucos dos quais tinham a virtude ou o vício de resistir a eles. Mal se passava um dia, durante o verão, sem que um escravizado fosse açoitado por roubar frutas. O coronel precisava recorrer a todo tipo de estratagema a fim de manter os escravizados longe do jardim. A última e mais bem-sucedida estratégia foi cobrir de piche toda a cerca; depois disso, se um escravizado fosse pego com mancha de piche no corpo, era considerado "culpado" – o piche era prova suficiente de que ele havia estado no jardim ou tentado entrar nele. Em ambos os casos, era severamente punido pelo jardineiro-chefe. Esse plano funcionou bem; os escravizados temiam tanto o piche como o chicote. Pareciam perceber a impossibilidade de tocar o piche sem ser contaminados.

O **piche** é uma resina bem escura, de grande aderência e repelente à água. Feito a partir da destilação do alcatrão ou da terebintina, é muito usado para impermeabilizar coberturas, pisos, ruas e estradas.

O coronel mantinha um esplêndido equipamento de equitação. Seu estábulo e sua cocheira tinham a aparência de algumas das grandes cavalariças da cidade. Seus cavalos

Cocheira > garagem de carruagens e carroças.

Criado na França no começo do século XIX para transportar dois passageiros de maneira rápida, o **cabriolé** tinha duas rodas, era puxado por um só cavalo e pilotado por um condutor que ia lá atrás de todo mundo, em pé, olhando a estrada e os bichos por cima da capota. Já a **caleça**, ou caleche, era outra carruagem, originária da França, mas do século XVIII, e tinha assentos duplos, um de frente para o outro. Mais chique, esse modelo vinha com quatro rodas, podia ser puxado por dois ou quatro cavalos e trazia o condutor na parte da frente do veículo.

As **fazendas** de produtos que garantiam bons rendimentos – como açúcar, algodão, arroz ou fumo – dependiam não só da força bruta, mas também da competência de **mão de obra variada**: carpinteiros, serralheiros, marinheiros, tanoeiros (aqueles que constroem barris), tecelões e especialistas na fabricação e manutenção de embarcações, além de cozinheiros, costureiros, cavalariços, boiadeiros, açougueiros, criadores de outros bichos e ainda trabalhadores encarregados dos serviços domésticos e da construção e reparo de edificações. Ou seja, os escravizados tinham muitas e variadas competências.

estavam em ótima forma e eram do mais puro sangue. Sua cocheira guardava três carruagens esplêndidas, três ou quatro cabriolés, além de carroças e caleças das mais elegantes.

Essa instalação estava sob os cuidados de dois escravizados: o velho Barney e o jovem Barney – pai e filho. Cuidar do espaço era o único trabalho deles. Mas não se tratava de um trabalho fácil, pois em nada o coronel Lloyd era mais exigente do que no manejo de seus cavalos. A menor desatenção era imperdoável, sendo castigada com a punição mais severa; nenhuma desculpa poderia protegê-los caso o coronel apenas suspeitasse de qualquer falta de atenção para com seus cavalos – algo que com frequência ocorria, o que tornava o trabalho do velho e do jovem Barney bastante difícil. Eles nunca sabiam quando estavam a salvo de punições. Eram frequentemente açoitados quando menos mereciam e escapavam do chicote quando mais o mereciam. Tudo dependia da aparência dos cavalos e do estado de espírito do coronel Lloyd quando eles lhe eram trazidos para uso. Se um cavalo não se movesse rápido o bastante ou se não mantivesse a cabeça erguida, era em consequência de alguma falha de seus tratadores. Era doloroso permanecer perto da porta do estábulo e ouvir as queixas contra eles quando um cavalo era trazido ao coronel. “Este cavalo não teve a devida atenção. Não foi esfregado e escovado o suficiente, ou não foi alimentado adequadamente; sua comida estava muito pastosa ou muito seca; ele comeu muito cedo ou muito tarde; passou frio ou calor; havia muito feno e pouco grão, ou muito grão e pouco feno; em vez de o velho Barney cuidar ele mesmo do cavalo, deixou o trabalho, de modo inapropriado, para seu filho.” A todas essas queixas, por mais injustas que fossem, o escravizado nunca devia responder uma palavra sequer. O coronel Lloyd não tolerava que um escravizado o contradissesse. Quando ele falava, o escravizado devia permanecer em pé, ouvindo e tremendo; e isso era o que de fato acontecia. Vi o coronel Lloyd fazer o velho Barney, homem entre cinquenta e sessenta anos, descobrir sua cabeça calva, ajoelhar-se no chão frio e úmido e receber, em seus ombros nus e cansados pelo trabalho, mais de trinta chicotadas. O coronel Lloyd tinha três filhos, Edward, Murray e Daniel, e três genros, o senhor Winder, o senhor Nicholson e o senhor Lowndes. Todos viviam na Fazenda Casarão e desfrutavam o luxo de poder chicotear os escravizados quando bem entendessem, do velho Barney a William Wilkes, o cocheiro. Até vi Winder fazer um dos criados se afastar dele a uma distância adequada para ser tocado apenas com a ponta de seu chicote e, a cada golpe, imprimir grandes vergões em suas costas.

Descrever a riqueza do coronel Lloyd seria quase como descrever as riquezas de Jó. Ele mantinha de dez a quinze criados domésticos. Diziam que tinha mil escravizados, e acho que essa estimativa corresponde à realidade. O coronel Lloyd tinha tantos que não os reconhecia quando batia os olhos em algum deles; nem todos os escravizados das fazendas o conheciam. Conta-se que, um dia, enquanto cavalgava pela estrada, encontrou um homem negro e se dirigiu a ele da maneira usual de falar com pessoas negras em estradas públicas no Sul: "Rapaz, a quem você pertence?". "Ao coronel Lloyd", respondeu o escravizado. "E o coronel trata bem a você?" "Não, senhor", recebeu prontamente como resposta. "O quê? Ele o faz trabalhar muito duro?" "Sim, senhor." "E ele não lhe dá o suficiente para comer?" "Sim, senhor, ele me dá o suficiente, embora pouco valha."

Jó é um personagem da Bíblia, descrito como "o homem mais rico entre todos os do Oriente".

O coronel, após averiguar de onde o escravizado vinha, continuou a cavalgar; o homem seguiu com seus negócios, sem imaginar que estivera falando com seu senhor. Não pensou, disse ou ouviu mais nada sobre o assunto, até duas ou três semanas depois, quando o pobre homem foi, então, informado por seu feitor de que, por ter apontado falhas em seu senhor, seria vendido a um comerciante da Geórgia. Ele foi acorrentado e algemado; e assim, sem aviso prévio, foi arrebatado e para sempre separado de sua família e seus amigos por uma mão mais implacável que a morte. Essa é a penalidade por dizer a verdade, a simples verdade, em resposta a uma série de perguntas corriqueiras.

É em parte por causa de fatos assim que os escravizados, quando indagados sobre a condição em que vivem e o caráter de seus senhores, quase sempre dizem que estão contentes e que seus senhores são gentis. Os senhores são conhecidos por infiltrar espiões entre os escravizados para verificar opiniões e sentimentos em relação à própria condição. Isso é tão frequente que teve como efeito estabelecer entre os escravizados a máxima de que língua quieta é sinal de cabeça sábia. Preferem suprimir a verdade em vez de suportar as consequências de contá-la, e ao fazê-lo provam que são parte da família humana. Se têm algo a dizer sobre seus senhores, em geral é a favor deles, em especial quando falam com pessoa desconhecida. Constantemente me perguntavam, quando escravizado, se eu tinha um senhor bondoso, e não me lembro de jamais ter dado uma resposta negativa; tampouco, ao fazer isso, considerava falar alguma mentira, pois sempre medi a bondade do meu senhor pelos critérios de bondade estabelecidos entre os senhores dos arredores. Além disso, os escravizados são como todas as outras pessoas e assimilam os preconceitos mais comuns. Pensam que o seu é melhor que o dos outros. Muitos, sob a influência desse preconceito, acreditam que seus senhores são melhores do que os senhores de outros escravizados, mesmo quando a verdade é o inverso. De fato, não é incomum que escravizados cheguem a se desentender e até a brigar entre si, discutindo sobre a bondade relativa de seus senhores e afirmando que o seu é superior aos outros. Ao mesmo tempo, abominam seu senhor quando analisado individualmente. Era assim em nossa fazenda. Quando os escravizados do coronel Lloyd encontravam os escravizados de Jacob Jepson, era raro se despedirem sem antes brigar por causa de seus senhores: os do coronel Lloyd alegando que ele era mais rico, e os do senhor Jepson dizendo que ele era mais inteligente e mais homem. Os escravizados do coronel Lloyd se gabavam dizendo que ele poderia comprar e vender Jacob Jepson. Os escravizados do senhor Jepson se vangloriavam de que ele seria capaz de chicotear o coronel Lloyd. Essas discussões quase sempre terminavam em briga entre as partes, e os que venciam na força física seriam os vencedores da questão. Pareciam pensar que a grandeza de seus senhores era transferida para eles próprios. Já era ruim o suficiente ser escravizado, mas ser escravizado de um homem pobre era considerado uma desgraça!

V

O SENHOR HOPKINS permaneceu pouco tempo como feitor. Por que sua carreira foi tão curta não sei, mas suponho que lhe faltava a severidade necessária para se adequar ao coronel Lloyd. O senhor Hopkins foi sucedido pelo senhor Austin Gore, um homem que possuía, em alto grau, todos os traços de caráter indispensáveis ao que se chama feitor de primeira linha. O senhor Gore servira ao coronel Lloyd, na qualidade de feitor, em uma outra fazenda e se mostrara digno da alta posição de feitor na Fazenda do Casarão.

Esse nome **Austin Gore** tem uma ironia. É que, no inglês, *gore* é sujo, nojento, e o adjetivo *gory* é coberto de sangue – nome bem adequado para um matador com sangue-frio e chicoteador voraz.

O senhor Gore era orgulhoso, ambicioso e perseverante. Era também ardiloso, cruel e obstinado. O homem certo para tal lugar, o lugar certo para tal homem. Dava margem para o pleno exercício de todos os seus poderes e parecia estar à vontade ali. Ele era um daqueles que podiam pegar o menor olhar, palavra ou gesto de um escravizado, entendidos como insolência, e o tratar de acordo com isso. Não se devia responder a ele; nenhuma explicação era permitida ao escravizado que se mostrasse injustamente acusado. O senhor Gore agia segundo a máxima estabelecida pelos senhores de escravizados: "É melhor que uma dúzia de escravizados sofra sob o chicote do que um feitor ser culpado por um erro na frente deles". Não importava quão inocente fosse o cativo quando era acusado pelo senhor Gore de alguma contravenção. Ser acusado era ser condenado, e ser condenado era ser punido; uma coisa era sempre seguida da outra como uma certeza imutável. Para escapar da punição era preciso escapar da acusação; e poucos escravizados tinham a sorte de fazer isso sob a supervisão do senhor Gore. Ele era orgulhoso o suficiente para exigir obediência da forma mais degradante por parte do escravizado e servil o suficiente para se ajoelhar, ele próprio, aos pés do senhor. Era ambicioso o suficiente para não se contentar com nada menos que a posição mais alta entre os feitores e perseverante o bastante para atingir o auge de sua ambição. Era cruel o bastante para infligir o castigo mais severo, ardiloso o suficiente para descer ao nível de usar os mais baixos truques, além de impiedoso o suficiente para permanecer insensível à voz de uma consciência culpada. Ele era, de todos os feitores, o mais temido pelos escravizados: sua presença era dolorosa; seu olhar espalhava confusão; e raramente sua voz aguda e estridente era ouvida sem produzir horror e tremor entre eles.

O senhor Gore era um homem sério e, embora jovem, não se entregava a piadas, não dizia coisas engraçadas, quase nunca sorria. Suas palavras tinham perfeita harmonia com sua aparência, e sua aparência tinha perfeita harmonia com suas palavras. Os feitores, às vezes, contam piadas, mesmo para os escravizados; mas não o senhor Gore. Ele falava apenas para comandar, e comandava apenas para ser obedecido; era econômico nas palavras e generoso com seu chicote, nunca usando as letras em momentos em que o objeto servisse. Quando chicoteava, parecia fazê-lo por senso de dever e não temia consequências. Não fazia nada com relutância, por mais desagradável que fosse; sempre em seu posto, nunca era inconsistente. Jamais prometia o que não fosse cumprir. Resumindo, era um homem da mais inflexível firmeza e de uma frieza de pedra.

Sua barbárie selvagem era igualada apenas pelo desdém consumado com que cometia os atos mais vis e selvagens contra os escravizados sob seu comando. Certa vez, o senhor Gore decidiu castigar um dos escravizados do coronel Lloyd, cujo nome era Demby. Ele tinha acabado de dar umas poucas chicotadas em Demby, quando, para se livrar do flagelo, Demby correu e mergulhou em um riacho, onde permaneceu submerso até os ombros, recusando-se a sair. O senhor Gore disse que contaria até três e que, se o escravizado não saísse, atiraria nele. A contagem teve início. Demby não respondeu, mantendo-se imóvel. A contagem chegou ao fim, ainda sem resposta. O senhor Gore então, sem consultar ninguém, sequer dando a Demby uma chamada adicional, levantou o mosquete, mirando sua vítima mortalmente, e, em um instante, o pobre Demby já não existia mais. Seu corpo atingido afundou no riacho, e sangue e miolos mancharam a água em que ele estava.

Um arrepio de horror percorreu todas as almas da fazenda, exceto a do senhor Gore. Ele parecia calmo e composto. Questionado pelo coronel Lloyd e por meu antigo senhor sobre por que recorrera a esse expediente extraordinário, sua resposta foi (pelo que lembro) que Demby se tornara incontrolável. Estaria dando um exemplo perigoso aos outros escravizados, um exemplo que, se passasse sem aquela demonstração de sua parte, acabaria por levar à total subversão da norma e da ordem na fazenda. Ele argumentou que, se um cativo se recusasse a ser corrigido e escapasse com vida, os outros logo copiariam seu exemplo, cujo resultado seria a liberdade dos escravizados e a escravização dos brancos. A defesa do senhor Gore foi satisfatória. Ele continuou na posição de feitor da fazenda-sede. Sua fama como feitor se espalhou. Seu crime horrível nem sequer foi submetido a investigação judicial. Foi cometido na presença de escravizados, que, lógico, não podiam instaurar um processo nem testemunhar contra ele; e, assim, o perpetrador de um dos assassinatos mais sangrentos e mais cruéis não foi punido pela Justiça nem censurado pela comunidade em que vivia. O senhor Gore morava em St. Michael, no condado de Talbot, em Maryland, quando saí de lá; se estiver vivo, é bastante provável que more lá ainda; e, se assim for, ele é agora, como era na época, estimado e respeitado, como se a sua alma culpada não tivesse sido manchada com o sangue de um semelhante.

Falo com conhecimento de causa quando digo isto: o ato de matar um escravizado, ou qualquer pessoa negra, no condado de Talbot, no estado de Maryland, não é tratado como crime, nem pelos tribunais nem pela comunidade.

O senhor Thomas Lanman, de St. Michael, matou dois escravizados, um dos quais com um golpe de machadinha no crânio. Ele costumava se gabar de ter cometido esse ato terrível e sangrento. Eu o ouvi fazer isso rindo e dizendo, entre outras coisas, que ele era o único benfeitor de seu país e que, se outros agissem da mesma forma, se livrariam de vez dos "malditos *niggers*".

Desde o final do século XIX, a palavra ***nigger*** já era utilizada como ofensa das grandes, e o peso dessa conotação negativa só aumentou com o tempo. Hoje, inclusive, em inglês ela só é referida como "a palavra que começa com N (*the N-word*)", de tão pesado que ficou o seu significado enquanto insulto.

Esterno > osso do peito, ligado aos sete pares de costelas que ficam mais acima, no tórax.

A esposa do senhor Giles Hicks, que vivia a curta distância de onde eu morava, assassinou a prima de minha esposa, uma jovem de quinze ou dezesseis anos, mutilando-a da maneira mais horrível: quebrou seu nariz e seu esterno com uma acha de lenha, de modo que a pobre menina expirou após algumas horas. Ela foi imediatamente enterrada, mas, pouco tempo depois, foi encaminhada e examinada por um legista, que determinou que ela havia morrido por espancamento severo. A ofensa que levou essa garota a ser assassinada foi esta: fora colocada naquela noite para cuidar do bebê da senhora Hicks e, durante a noite, adormeceu, e o bebê chorou. Como fazia várias noites que a garota não descansava, acabou por não ouvir o choro. Ela e o bebê estavam no quarto com a senhora Hicks, que, percebendo que a jovem não se mexia, pulou da cama, pegou um pedaço de madeira de carvalho perto da lareira e com ele quebrou seu nariz e seu esterno, acabando desse modo com sua vida. Não direi que esse assassinato horrendo não causou nenhuma comoção na comunidade. Causou, mas não o suficiente para punir a assassina. Um mandado de prisão foi expedido contra a senhora Hicks, mas ele nunca foi cumprido. Assim, ela escapou não apenas da punição, mas também do sofrimento de ser acusada perante um tribunal por seu crime horrível.

Enquanto detalho os atos sangrentos ocorridos no período em que vivi na fazenda do coronel Lloyd, narrarei brevemente outro, que ocorreu mais ou menos na mesma época do assassinato de Demby pelo senhor Gore.

Os escravizados do coronel Lloyd tinham o hábito de passar parte de suas noites e os domingos catando ostras, a fim de compensar a deficiência de sua escassa provisão.

Ao fazer isso, um velho pertencente ao coronel Lloyd ultrapassou por acaso os limites das terras e entrou na propriedade do senhor Beal Bondly. O senhor Bondly se ofendeu com a invasão e, com seu mosquete, foi até a margem e disparou no pobre velho.

O senhor Bondly foi falar com o coronel Lloyd no dia seguinte, não sei se para lhe pagar por sua propriedade ou para se justificar pelo que havia feito. De qualquer forma, toda essa transação diabólica logo foi abafada. Falou-se muito pouco sobre o assunto e nada foi feito. Um ditado comum, mesmo entre as crianças brancas, dizia que custava meio centavo matar um "*nigger*" e meio centavo enterrá-lo.

De fato, **não havia consequências para quem matasse uma pessoa escravizada**. Porém, como elas eram propriedade comprada, havia uma perda financeira considerável se o escravizado assassinado ainda estivesse em boas condições de saúde e trabalho.

V

O TRATAMENTO QUE RECEBI enquanto morei na fazenda do coronel Lloyd foi muito semelhante ao das outras crianças escravizadas. Eu não tinha idade suficiente para trabalhar no campo e, não havendo quase nada além disso para fazer, possuía muito tempo livre. Minha maior incumbência era conduzir as vacas no fim de tarde, manter as aves fora do jardim, limpar o jardim da frente e realizar alguns serviços para a filha do meu antigo senhor, a senhora Lucretia Auld. Passava a maior parte do tempo livre ajudando o senhor Daniel Lloyd a encontrar seus pássaros depois que ele os matava. Minha ligação com o senhor Daniel foi de alguma vantagem, porque ele se apegou bastante a mim e se tornou uma espécie de meu protetor. Ele não permitia que os garotos mais velhos me incomodassem e dividia seus doces comigo.

Raramente fui açoitado por meu antigo senhor e sofri pouco com outra coisa que não fosse fome e frio. Sofri muito por causa da fome, e muito mais por causa do frio. No verão mais quente e no inverno mais frio, eu permanecia quase nu – sem sapatos, sem meias, sem casaco, sem calças, nada além de uma camisa de linho grosso, que chegava aos joelhos. Eu não tinha cama. Teria morrido de frio se, nas noites mais geladas, não roubasse um saco que era usado para levar milho até o moinho. Eu me enfiava no saco e ali dormia, no chão de terra frio e úmido, com a cabeça para dentro e os pés para fora. Meus pés ficaram tão rachados com o frio que a caneta com a qual escrevo agora pode ser apoiada em seus sulcos.

Não recebíamos uma provisão regular. Nossa comida era farinha de milho cozida, o que era chamado de *mush*.

Mush é parecido com mingau, ou angu.

Colocavam-no em uma grande bandeja ou um cocho de madeira apoiado no chão. As crianças eram chamadas como se chamam os porcos e, como os porcos, vinham e devoravam o *mush*; algumas usavam conchas de ostras; outras, pedaços de cascalho; outras comiam com as mãos e nenhuma usava colher. Quem comia mais rápido comia mais; a mais forte garantia o melhor lugar; e poucas saíam satisfeitas.

Eu devia ter sete ou oito anos quando deixei a fazenda do coronel Lloyd. Saí de lá com alegria. Jamais esquecerei o êxtase com que recebi a notícia de que meu antigo senhor (Anthony) havia decidido me mandar a Baltimore, para morar com o senhor Hugh Auld, irmão do genro de meu antigo senhor, o capitão Thomas Auld. Recebi essa informação três dias antes da minha partida. Foram três dos dias mais felizes da minha vida. Passei a maior parte deles no riacho, lavando-me da sujeira da fazenda e me preparando para a viagem.

A vaidade que isso indica não era minha. Passei esse tempo todo me lavando não tanto porque queria, mas porque a senhora Lucretia havia me dito que eu precisava tirar toda a pele morta dos pés e dos joelhos antes de ir para Baltimore, pois as pessoas de lá eram muito limpas e ririam de mim se eu parecesse sujo. Além disso, ela ia me dar um par de calças, que eu não poderia vestir a menos que tirasse toda a sujeira do corpo. A ideia de ter um par de calças era fantástica! Um incentivo quase suficiente para me fazer tirar o que os tropeiros de rebanhos de porcos chamavam de sarna e a própria pele. Fiz isso com seriedade, trabalhando pela primeira vez com a esperança de recompensa.

Os laços que em geral prendem as crianças a seus lares estavam todos suspensos no meu caso. Não havia nenhuma provação severa em minha partida. Minha casa não tinha encanto, não era meu lar; ao sair dali, não podia sentir que deixava algo de que poderia desfrutar se ficasse. Minha mãe estava morta, minha avó morava longe, eu raramente a via. Eu tinha duas irmãs e um irmão, que moravam na mesma casa, mas a separação precoce de nossa mãe quase apagou da memória a natureza de nossa relação. Procurava um lar em outro lugar e estava confiante em que não iria me deparar com nenhuma casa que me agradasse menos que aquela que estava deixando. Se, no entanto, encontrasse em minha nova casa sofrimento, fome, açoites e nudez, tinha o consolo de que não teria escapado de nada disso ficando ali. Já tendo experimentado e suportado tudo isso na casa de meu antigo senhor, deduzi que tinha capacidade de aguentar essas provações em outros lugares, em especial em Baltimore, pois já contava com um pouco do sentimento sobre Baltimore expresso num provérbio: "É preferível ser enforcado na Inglaterra do que morrer de causas naturais na Irlanda". Eu tinha um desejo profundo de conhecer Baltimore. Meu primo Tom, embora não fosse de muita conversa, havia me inspirado esse desejo por sua eloquente descrição do lugar. Nunca pude apontar nada na Fazenda do Casarão, por mais bonito ou majestoso que fosse, sem que ele me falasse que tinha visto algo em Baltimore que excedia tanto em beleza quanto em força aquilo que eu lhe mostrava. Até a própria Fazenda do Casarão, com todos os seus quadros, era muito inferior aos muitos edifícios de Baltimore. Meu desejo era tão forte que pensei que conseguir realizá-lo compensaria qualquer perda de conforto que eu pudesse sofrer com a mudança. Saí dali sem arrependimentos e com a maior esperança de uma felicidade futura.

Navegamos pelo rio Miles em direção a Baltimore em uma manhã de sábado. Lembro-me apenas do dia da semana, pois naquela época não tinha conhecimento dos dias do mês, nem dos meses do ano. Ao zarpar, caminhei até a popa e dei à fazenda do coronel Lloyd o que esperava ser o último olhar. Coloquei-me, então, na proa da embarcação e ali passei o restante do dia olhando para a frente, interessando-me pelo que havia ao longe, e não pelas coisas próximas ou atrás de mim.

Na tarde daquele dia chegamos a Annapolis, a capital do estado. Paramos por alguns momentos, de modo que

---

A cidade de Baltimore fica de um lado da baía de Chesapeake, enquanto o condado de Talbot fica do outro lado. Naquela época, não havia ainda a Ponte Memorial Bay, então era preciso pegar o **rio Miles**, desembocar na baía e atravessá-la na horizontal para chegar a Baltimore, o que levava praticamente 24 horas de navegação.

Popa > parte traseira de uma embarcação.

Proa > parte dianteira de uma embarcação.

A **Nova Inglaterra** é a região do nordeste dos Estados Unidos composta pelos estados de Maine, Vermont, New Hampshire, Massachusetts, Connecticut e Rhode Island. Tem grande importância na história do país, porque foi nessa área que os tais dissidentes da Igreja Anglicana do Reino Unido chamados Peregrinos sentaram praça a partir do século XVII.

não tive tempo de pisar em terra. Era a primeira grande cidade que eu via e, embora parecesse pequena em comparação com algumas de nossas vilas industriais da Nova Inglaterra, achei-a um local maravilhoso para o seu tamanho – mais imponente até do que a Fazenda do Casarão!

Chegamos a Baltimore no início da manhã de domingo, atracando no cais de Smith, não muito longe do cais de Bowley. Tínhamos a bordo da chalupa um grande rebanho de ovelhas e, depois de ajudar a levá-las ao matadouro do senhor Curtis, em Louden Slater's Hill, fui conduzido por Rich, um dos trabalhadores a bordo da embarcação, até minha nova casa, na Alliciana Street, perto do estaleiro do senhor Gardner, em Fells Point.

O senhor e a senhora Auld estavam em casa e receberam-me à porta com seu filho pequeno, Thomas, cujo cuidado passaria a ficar ao meu encargo. E ali vi o que jamais havia visto antes: um rosto branco irradiando as mais gentis emoções; era o rosto da minha nova senhora, Sophia Auld. Quem me dera poder descrever o arrebatamento que me passou pela alma enquanto o observava. Era uma visão nova e estranha para mim, iluminando meu caminho com a luz da felicidade. Ao pequeno Thomas, disseram: "Aqui está seu Freddy", e instruíram-me a cuidar do pequeno Thomas; dessa forma, iniciei as tarefas na minha nova casa com uma perspectiva mais animadora.

Considero minha partida da fazenda do coronel Lloyd um dos eventos mais interessantes de minha vida. É possível, e até bastante provável, que, não fosse pela mera circunstância de ter sido transferido daquela fazenda para Baltimore, hoje, em vez de estar aqui, sentado à minha própria mesa, no gozo da liberdade e na felicidade do lar, escrevendo esta *Narrativa*, estaria confinado nas dolorosas correntes da escravidão. Ir morar em Baltimore estabeleceu as bases e abriu a porta para toda a minha prosperidade subsequente. Sempre considerei isso como a primeira manifestação evidente da bondosa Providência que, desde então, me acompanha e marca minha vida com tantos favores. Considerei notável o fato de ter sido selecionado. Havia várias crianças escravizadas que poderiam ter sido enviadas da fazenda para Baltimore. Havia os mais jovens, os mais velhos e os da mesma idade que eu. Fui escolhido entre todos eles e fui a primeira, a última e a única escolha.

Posso ser considerado supersticioso, e até egoísta, ao julgar esse evento como uma interposição especial da Divina Providência a meu favor. Mas estaria sendo falso com os primeiros sentimentos de minha alma se suprimisse essa opinião. Prefiro ser fiel a mim mesmo, ainda que correndo o risco de parecer ridículo diante dos outros, a ser falso e incorrer em minha própria aversão. Das minhas primeiras recordações data a mais profunda convicção de que a escravidão não seria capaz de me manter para sempre em seu abraço desleal; e, nas horas mais sombrias de minha trajetória na escravidão, essa palavra viva de fé e o espírito da esperança não me abandonaram, permanecendo como anjos para me animar nos momentos mais tristes. Esse bom espírito vinha de Deus, e a ele ofereço graças e louvor.

Bedford Massachu
Officer on the
he said are fitted out there for whale
Immediately
John W. Re
New York and New

VI

MINHA NOVA SENHORA provou ser tudo o que parecia quando a vi pela primeira vez à porta: uma mulher de coração bondoso e dotada dos melhores sentimentos. Ela nunca havia tido um escravizado sob seu comando até eu chegar, e antes de se casar dependia de seu próprio trabalho para viver. Era costureira por profissão, e pela constante dedicação ao seu negócio havia sido preservada em boa medida dos efeitos aviltantes e desumanizadores da escravidão. Fiquei perplexo com sua bondade. Eu mal sabia me comportar diante dela. Ela era diferente de qualquer outra mulher branca que eu tinha conhecido. Eu não podia tratá-la como estava acostumado a tratar outras senhoras brancas. O que havia aprendido antes não se aplicava a ela. O servilismo rastejante, qualidade tão desejável em um escravizado, não funcionava com ela. Seu favor não era conquistado assim; ela parecia, na verdade, perturbada com isso. Não considerava insolência ou falta de modos um escravizado olhar diretamente para seu rosto. O escravizado mais vil ficava tranquilo na sua presença, e ninguém ia embora sem se sentir melhor por tê-la visto. Seu rosto era composto por sorrisos celestiais, e sua voz era uma música tranquila.

Mas, ai de mim, esse coração bondoso permaneceu assim por pouco tempo. O veneno fatal do poder irresponsável já estava em suas mãos e logo começou seu trabalho infernal. Aquele olhar alegre, sob a influência da escravidão, logo ficou vermelho de raiva; aquela voz, feita de doce harmonia, transformou-se na voz áspera e horrível da discórdia; e aquele rosto angelical deu lugar ao de um demônio.

Logo depois que fui morar com o senhor e a senhora Auld, ela muito gentilmente começou a me ensinar o abecê. Depois que aprendi, ela me ensinou a soletrar palavras de três ou quatro letras. Nesse ponto do meu progresso, o senhor Auld descobriu o que estava acontecendo e proibiu a senhora Auld de continuar a me instruir, dizendo-lhe, entre outras coisas, que era ilegal, além de perigoso, ensinar um escravizado a ler. Para usar suas próprias palavras, ele disse: "Se você der um centímetro a um *nigger*, ele pegará um metro inteiro. Um *nigger* não deve saber nada além de obedecer a seu senhor e fazer o que lhe mandam. A educação *estragaria* o melhor *nigger* do mundo". E prosseguiu: "Agora, se ensinar aquele *nigger* (falando de mim) a ler, não será possível detê-lo. Ele se tornará para sempre impróprio para a escravidão. Ele se tornará incontrolável e sem valor algum para o seu senhor. E, no que diz respeito a si próprio, isso não poderia lhe fazer bem algum, mas muito mal. Iria deixá-lo descontente e infeliz". Essas palavras penetraram fundo em meu coração, despertaram sentimentos adormecidos e trouxeram à existência uma linha de pensamento inteiramente nova. Tratava-se de uma revelação nova e especial, que explicava coisas obscuras e misteriosas, com as quais meu entendimento juvenil havia, em vão, lutado. Agora eu entendia o que havia sido para mim uma dificuldade das mais desconcertantes – a saber, o poder do homem branco de escravizar o homem negro. Essa foi uma grande conquista, que muito valorizei. A partir desse momento, compreendi o caminho da escravidão para a liberdade. Era exatamente o que eu queria, e o consegui no momento em que menos esperava. Embora triste por perder a ajuda de minha amável senhora, estava feliz com a inestimável instrução que, por mero acidente, havia recebido de meu senhor. Embora consciente da dificuldade que seria aprender sem um professor, tive a partir dali grande esperança e o propósito fixo de aprender a ler, custasse o que custasse. A maneira muito decidida com que meu senhor falava, esforçando-se para impressionar a esposa com as más consequências de me instruir, serviu para convencer-me de que ele era sensível às verdades que proferia. Aquilo deu-me a melhor garantia de que poderia ter a máxima confiança nos resultados que, segundo ele, viriam com o meu aprendizado. O que ele mais temia era o que eu mais desejava. O que ele mais amava era o que eu mais odiava. O que para ele era um grande mal, a ser diligentemente evitado, era para mim um grande bem, a ser diligentemente buscado; assim, o argumento que ele construía contra a minha instrução serviu para inspirar em mim o desejo e a determinação de aprender. Devo minha educação quase tanto à amarga oposição de meu senhor quanto à bondosa ajuda de minha senhora. Reconheço o benefício de ambos.

Eu residia havia pouco tempo em Baltimore quando observei uma diferença marcante no tratamento dado aos escravizados em relação ao que testemunhara no campo. Um escravizado da cidade é quase um homem livre, se comparado ao da fazenda. Ele é mais bem alimentado e vestido e goza de privilégios desconhecidos do escravizado do campo. Há um vestígio de decência, um sentimento de vergonha, que muito contribui para conter e reprimir os surtos de crueldade atroz tão comumente praticados no campo. Um senhor da cidade precisa estar desesperado para chocar a humanidade de seus vizinhos não abolicionistas com os gritos de um escravizado dilacerado. Poucos estão dispostos a incorrer no ódio associado à reputação de ser um senhor cruel; e, acima de tudo, nenhum deles quer ser reconhecido como um senhor que não fornece a seus escravizados o suficiente para comer. Todo senhor da cidade se esforça para que saibam que ele alimenta bem os seus; e é preciso dizer que a maioria de fato fornece comida suficiente. Há, no entanto, algumas exceções dolorosas a essa regra. Bem diante de nós, na Philpot Street, morava o senhor Thomas Hamilton. Ele tinha duas escravizadas. Seus nomes eram Henrietta e Mary. Henrietta tinha por volta de vinte e dois anos, Mary, catorze; e, dentre as criaturas mutiladas e emaciadas que já vi, essas duas ganhavam de todas as outras. Era preciso ter um coração mais duro que pedra para olhar as duas moças e permanecer impassível. A cabeça, o pescoço e os ombros

Emaciado > magro, macilento.

de Mary haviam sido, literalmente, cortados em pedaços. Muitas vezes apalpei sua cabeça e a encontrei quase toda coberta de feridas purulentas, causadas pelo chicote de sua senhora cruel. Não sei dizer se seu senhor alguma vez a açoitou, mas fui testemunha ocular da crueldade da senhora Hamilton. Eu costumava ir à casa do senhor Hamilton quase todos os dias. A senhora Hamilton sentava-se em uma grande cadeira no meio da sala, com um pesado chicote sempre a seu lado, e era raro haver uma hora do dia em que não estivesse manchado pelo sangue de um de seus escravizados. As garotas raramente passavam pela senhora sem que ela gritasse: "Mova-se mais rápido, sua negra trapaceira!", ao mesmo tempo que as açoitava com o chicote na cabeça ou nos ombros, com frequência tirando-lhes sangue. Ela então dizia: "Tome isso, sua negra trapaceira!", e continuava: "Se não caminhar mais depressa, eu farei você andar!". Além das cruéis chicotadas a que eram submetidas, essas escravizadas eram mantidas sempre famintas. Raramente sabiam o que significava comer uma refeição completa. Cheguei a ver Mary lutar com os porcos por restos jogados na rua. Mary foi tão chutada e machucada que era mais chamada de "bicada" do que por seu próprio nome.

VII

MOREI COM A FAMÍLIA DO SENHOR HUGH por aproximadamente sete anos. Nesse período, consegui aprender a ler e escrever. Para isso, precisei recorrer a vários estratagemas. Eu não tinha um professor regular. Minha senhora, que havia começado a me instruir, deixou de fazê-lo, acatando a exigência de seu marido, e se opôs a me deixar aprender com qualquer outra pessoa. Devo, no entanto, ser justo e dizer que ela não adotou esse comportamento logo de imediato. Ela ainda não tinha a depravação indispensável para me aprisionar em uma escuridão mental. Era necessário que ela tivesse algum treinamento no exercício do poder irresponsável para ser capaz de me tratar como se eu fosse um animal.

Minha senhora, como já disse, era uma mulher bondosa e de coração terno; na simplicidade de sua alma, ela começou, quando fui viver com eles pela primeira vez, a me tratar como supunha que um ser humano deveria tratar outro. Ao assumir os deveres de uma proprietária de escravizados, parecia não perceber que em relação a ela eu tinha a qualidade de um mero bem e que ela me tratar como um ser humano não era apenas errado, mas perigoso. A escravidão provou ser tão prejudicial a ela quanto a mim. Quando cheguei lá, ela era uma mulher piedosa, cortês e terna. Não havia tristeza ou sofrimento pelo qual não derramasse uma lágrima. Tinha pão para os famintos, roupas para os desnudos e consolo para cada enlutado a seu alcance. Mas a escravidão logo provou sua capacidade de despojá-la dessas qualidades celestiais. Sob essa influência, seu coração terno tornou-se pedra, e a disposição de cordeiro deu lugar a uma ferocidade de tigre. O primeiro passo de sua queda foi ela parar de me instruir. Começou, então, a praticar os preceitos de seu marido. Tornou-se, por fim, ainda mais violenta em sua oposição do que o próprio marido. Não satisfeita em fazer o que ele havia ordenado, ela parecia ansiosa para ir além. Nada parecia deixá-la mais irritada do que me ver com um jornal. Parecia pensar que era ali que estava o perigo. Corria até mim com o rosto todo em fúria e arrancava o jornal de minhas mãos de uma maneira que revelava sua apreensão. Era uma mulher inteligente, e um pouco de experiência logo lhe provou que educação e escravidão eram incompatíveis.

Desse momento em diante, passei a ser vigiado de perto. Se permanecesse em uma sala separada por um tempo considerável, suspeitava-se logo que eu tinha um livro e me chamavam imediatamente a dar explicações. Porém, era tarde demais. O primeiro passo havia sido dado. A senhora, ao me ensinar o alfabeto, havia me dado o *centímetro*, e nenhuma precaução poderia me impedir de pegar o *metro*.

O plano que adotei, e no qual obtive maior êxito, foi o de fazer amizade com todos os garotos brancos que conhecesse na rua o máximo que pude, e eu os converti em meus professores. Com a generosa ajuda deles, consegui aprender a ler. Quando me mandavam realizar alguma tarefa, sempre levava meu livro e, todas as vezes que conseguia terminar minha incumbência com rapidez, encontrava tempo para uma lição antes do meu retorno. Também costumava levar pão, pois havia bastante na casa e eu podia pegar quanto quisesse – nesse ponto, estava bem melhor que muitas das crianças brancas pobres de nossa vizinhança. Eu costumava oferecer o pão àqueles ouriços famintos, que, em troca, me davam o pão mais valioso, o do conhecimento. Sinto-me fortemente tentado a dar os nomes de dois ou três desses garotos, como testemunho da gratidão e da afeição que tenho por eles; mas a prudência me proíbe – não que isso pudesse me prejudicar, mas poderia constrangê-los, pois é quase uma ofensa imperdoável ensinar escravizados a ler neste

Além da decisão de muitos proprietários de manter seus escravizados sem o poder de ler e escrever, surgiram leis para **proibir o ensino do abecê** para eles depois da revolta liderada por Nat Turner em 1831 – as exceções foram apenas Maryland, Kentucky e Tennessee. Em muitos locais, era também proibido ensinar negros livres. Depois da abolição, começou, então, um movimento de negros alfabetizando outros negros.

país cristão. Basta dizer que esses queridos companheiros moravam na Philpot Street, bem perto do estaleiro de Durgin & Bailey. Eu costumava conversar com eles sobre a escravidão. Às vezes dizia-lhes que gostaria de ser tão livre quanto eles seriam quando se tornassem homens. "Você será livre assim que fizer vinte e um anos, *mas eu serei escravizado a vida inteira!* Não tenho o mesmo direito de ser livre como você?" Essas palavras costumavam incomodá-los; eles expressavam a mais viva simpatia por mim e me consolavam com a esperança de que algo aconteceria e de que eu seria livre.

Eu tinha por volta de doze anos, e o pensamento de *ser escravizado a vida inteira* começou a pesar em meu coração. Mais ou menos nessa época, consegui um livro intitulado *The Columbian Orator*. Em todas as oportunidades que tinha, lia esse livro. Entre muitos outros assuntos interessantes, encontrei nele um diálogo entre um senhor e seu escravizado. Deste último, dizia-se que havia fugido de seu senhor por três vezes. O diálogo trazia a conversa entre eles quando o escravizado fora recapturado pela terceira vez. Nessa conversa, toda uma argumentação a favor da escravidão era apresentada pelo senhor e refutada pelo escravizado, que dizia coisas muito inteligentes e impressionantes em resposta a seu senhor – coisas que tiveram o efeito desejado, embora inesperado, pois a conversa resultou na emancipação voluntária do escravizado por parte do senhor.

No mesmo livro, encontrei um dos poderosos discursos de Sheridan a favor da emancipação católica. Esses eram os documentos de que eu mais gostava. Eu os lia várias vezes com interesse inabalável. Deram voz a

Caleb Bingham nasceu em Connecticut, mas passou a maior parte da sua vida profissional na cidade de Boston e foi por lá que ele publicou seu ***The Columbian Orator*** [O orador da Colúmbia] em 1797. O livro reúne textos de autores e gêneros variados com o objetivo de fazer as crianças desenvolverem sua capacidade de leitura e oratória sob uma perspectiva de educação moral. É também uma referência em termos de direitos humanos, claramente defendendo a abolição e a liberdade de religião. O nome Columbian era na época uma espécie de apelido carinhoso, poético, pelo qual as pessoas chamavam os Estados Unidos e que tem origem no tal "descobridor" das Américas, Cristóvão Colombo – em inglês Christopher Columbus, que é de onde vem o *Columbian*.

Em 1801, o Reino Unido, essencialmente protestante, conseguiu fazer lá uma união meio maluca com a Irlanda, essencialmente católica – na prática, um disfarce para o fato de que a Irlanda era a colônia da Inglaterra mais próxima dela. Só que os *brits* chegaram cheios de empáfia, proibindo aos católicos uma pá e meia de coisas. **Richard Brinsley Butler Sheridan** era meio irlandês, meio britânico. Era também exímio dramaturgo e poeta, além de político de pouca importância. De todo modo, Sheridan e outro pessoal do Parlamento defenderam que os católicos irlandeses pudessem ter direitos bem básicos, tipo serem donos de propriedades e poderem votar, por exemplo. E finalmente em 1829 essa lei entrou em vigor, ficando conhecida como a Emancipação Católica.

pensamentos significativos de minha alma, os quais muitas vezes passaram pela minha mente e morreram por falta de expressão. A moral que apreendi do diálogo era o poder da verdade sobre a consciência, mesmo de um senhor de escravizados. O que recebi de Sheridan foi uma ousada denúncia da escravidão e uma poderosa defesa dos direitos humanos. A leitura desses documentos me permitiu expressar meus pensamentos e enfrentar os argumentos apresentados para sustentar a escravidão; no entanto, ao mesmo tempo que resolviam um problema, eles traziam outro ainda mais doloroso. Quanto mais lia, mais eu desprezava e detestava meus escravizadores. Não podia vê-los de outra forma senão como um bando de ladrões bem-sucedidos que foram para a África e nos sequestraram, reduzindo-nos a escravizados em uma terra estranha. Eu os detestava por serem os mais cruéis e os mais perversos dos homens. Ao ler e contemplar o assunto, pasmem!, o descontentamento que o senhor Hugh havia previsto que se seguiria à minha alfabetização se instalara, atormentando e machucando minha alma com uma angústia indizível. Enquanto me contorcia com essa angústia, cheguei a sentir por vezes que aprender a ler significava uma maldição, e não uma bênção, pois me dera uma visão da minha condição miserável, sem oferecer o remédio. Abrira-me os olhos para um poço horrível, mas sem me dar uma escada para dali sair. Em momentos de agonia, invejei meus companheiros escravizados por sua estupidez. Muitas vezes desejei ser um animal selvagem. Preferia a condição do réptil mais miserável à minha própria. Daria qualquer coisa para me livrar daqueles pensamentos torturantes! Era essa reflexão eterna sobre a minha condição que me atormentava. Não havia como me livrar dela. Apresentava-se a mim em todos os objetos à minha volta, animados ou inanimados. A trombeta de prata da liberdade despertara minha alma para uma eterna vigília. A liberdade havia me acenado para nunca mais desaparecer. Era ouvida em cada som e vista em cada coisa. Estava sempre presente para me atormentar com a percepção de minha condição miserável. Não via nada sem vê-la, não ouvia nada sem ouvi-la e não sentia nada sem senti-la. Ela me olhava de cada estrela, sorria-me do céu calmo, respirava em cada vento e se movia em toda tempestade.

Muitas vezes me peguei lamentando minha própria existência e desejando a morte; e, se não fosse a esperança de ser livre, não tenho dúvida de que teria me matado ou feito alguma coisa pela qual seria morto. Enquanto me encontrava nesse estado de espírito, ansiava ouvir alguém falar sobre o tema da escravidão. Eu era um ouvinte atento. De vez em quando, ouvia falar sobre os abolicionistas. Demorou algum tempo até eu descobrir o que essa expressão significava. Era sempre usada de uma maneira que me parecia interessante. Se um escravizado fugisse e conseguisse escapar ou se matasse seu senhor, incendiasse um celeiro ou fizesse algo muito errado de acordo com a avaliação de um senhor de escravizados, dizia-se que isso era fruto da *abolição*. Por ouvir essa palavra nesse contexto com muita frequência, decidi aprender o que ela significava. O dicionário me deu pouca ou nenhuma ajuda. Descobri que era "o ato de abolir", mas eu não sabia o que deveria ser abolido. Fiquei perplexo. Não ousava perguntar a ninguém sobre seu significado, pois estava convencido de que se tratava de algo que não queriam que eu soubesse. Depois de uma espera paciente, consegui um de nossos jornais da cidade, que continha um relato sobre o número de petições do Norte que requeriam a abolição da escravatura no Distrito de Colúmbia e do tráfico entre os estados. Nesse momento compreendi o significado das palavras "abolição" e "abolicionista" e sempre me aproximava quando elas eram ditas, na expectativa de ouvir algo importante para mim e meus companheiros escravizados. A luz invadiu-me aos poucos. Um dia, estava no cais do senhor Waters e, ao ver dois irlandeses descarregarem pedras de uma barcaça, fui até eles e os ajudei, ainda que eles não tivessem solicitado nada disso. Quando terminamos, um deles me perguntou se eu era escravizado.

A capital dos Estados Unidos é a cidade de Washington, que fica no **Distrito de Colúmbia** (D.C.), uma área criada justamente para abrigar o centro político e administrativo do país, como previsto em sua Constituição, em 1789. No Brasil ocorre o mesmo, pois a capital, Brasília, também fica num distrito específico, o Distrito Federal. Quando há possibilidade de confusão com o estado também chamado Washington, é comum referir-se à capital dos Estados Unidos como Washington, D.C. (algo como chamar a capital brasileira de Brasília, D.F.).

Sempre houve diversas formas de resistência por parte dos escravizados, e a fuga era um grande exemplo disso. Era raríssimo um proprietário que não registrasse pelo menos um fugitivo por ano. Para tentar evitar que mais gente se organizasse para escapar da escravidão, havia um esforço enorme na tentativa de recuperar fugitivos. O serviço era feito essencialmente por patrulhas dedicadas a essa missão, mas eram os caçadores solitários que mais sucesso obtinham. Quem encontrasse um fugitivo recebia sempre uma **recompensa** em dinheiro.

A **autorização de viagem** era o "passe do escravizado", um pedaço de papel escrito à mão que trazia o nome do escravizado, a descrição física dele, a data e às vezes a hora e ainda o destino da pessoa, além, claro, do nome e da assinatura do proprietário. Esse papel era apresentado se alguém questionasse a presença do negro ou negra em algum lugar e foi inventado porque muitas vezes os senhores mandavam alguém ir fazer isso ou aquilo noutro canto, ou colocavam o escravizado para trabalhar noutra fazenda, ou ele havia conquistado uma permissão para ir visitar algum parente.

Eu disse que sim. Ele perguntou: "Você vai ser escravizado a vida inteira?". Respondi que sim. O bom irlandês parecia profundamente afetado por minha declaração. Ele disse ao outro que era uma pena um sujeito tão bom como eu ser escravizado por toda a vida. Disse que era uma vergonha me manterem naquela situação. Ambos me aconselharam a fugir para o Norte, porque lá eu encontraria amigos e seria livre. Fingi não estar interessado no que diziam e os tratei como se não os entendesse, pois temi serem traiçoeiros. Homens brancos são conhecidos por encorajar escravizados a escapar, e então, para obter uma recompensa, eles os capturam e devolvem a seus senhores. Eu temia que esses homens aparentemente bons pudessem me usar dessa forma, mas mesmo assim me lembrei de seus conselhos e, a partir de então, resolvi fugir. Ansiava por um momento em que seria seguro escapar. Eu era jovem demais para pensar em fazer isso de imediato; e também porque desejava aprender a escrever, pois poderia escrever minha própria autorização de viagem. Consolei-me com a esperança de um dia encontrar uma boa oportunidade. Enquanto isso, aprenderia a escrever.

Tive a ideia de como poderia aprender a escrever frequentando o estaleiro de Durgin e Bailey e vendo, com frequência, os carpinteiros dos navios cortarem e prepararem uma peça de madeira e, em seguida, escreverem nela o nome da parte do navio a que se destinava. Quando a peça de madeira era destinada ao lado de bombordo, marcavam um "B". Quando destinada ao lado de estibordo, marcavam um "E". No caso de uma peça para bombordo, na parte dianteira, marcavam "B.D.". Em uma peça para estibordo, parte dianteira, marcavam "E.D.". Para bombordo, parte traseira, a peça era marcada com "B.T.". Para estibordo, parte traseira, era marcada com "E.T.". Logo aprendi os nomes

Imagine uma pessoa em cima de uma embarcação e olhando de frente para a proa, ou seja, a parte da frente do barco. À esquerda dessa pessoa está o **bombordo**. À direita está o **estibordo**, que também é chamado de boreste.

dessas letras e para que serviam quando colocadas em um pedaço de madeira no estaleiro. Imediatamente copiei o que aprendera e em pouco tempo aprendi as quatro letras. Depois disso, quando encontrava qualquer garoto que soubesse escrever, gabava-me de saber escrever tão bem quanto ele. A resposta era sempre: "Não acredito. Quero ver você tentar". Então eu escrevia as letras que tive a sorte de aprender e o desafiava a fazer melhor. Dessa forma, tive um bom número de lições de escrita, o que nunca teria conseguido de outra maneira. Durante esse tempo, meus cadernos eram cercas de tábuas, paredes de tijolos e pavimentos; minha caneta e minha tinta eram um pedaço de giz. Foi com esses itens que aprendi a escrever. Comecei, então, a copiar os itálicos no *Webster's Spelling Book*, até que pudesse fazê-los sem olhar o livro. A essa altura, meu pequeno senhor Thomas já havia ido para a escola e aprendido a escrever, tendo escrito em vários cadernos de caligrafia, os quais eram trazidos para casa, mostrados a alguns de nossos vizinhos mais próximos e depois deixados de lado. Toda segunda-feira à tarde, minha senhora ia a reuniões sociais na capela da Wilk Street e deixava a casa sob meus cuidados. Quando ela saía, eu aproveitava para escrever nos espaços deixados no caderno do senhor Thomas, copiando o que ele havia escrito. Continuei fazendo isso até conseguir escrever com uma caligrafia bem parecida com a do pequeno Thomas. Assim, após um esforço longo e exaustivo, de anos, consegui aprender a escrever.

Nos materiais impressos, os caracteres em **itálico** são as letras "deitadinhas", mais usadas, por exemplo, para escrever o título de um livro como o *Webster*. Elas também são mais parecidas com a letra de mão. Já os caracteres "em pé", usados ao longo de quase todo o texto dos livros, são as letras em "redondo".

O mais comum nas escolas dos Estados Unidos era usar livros didáticos britânicos. Mas um professor chamado Noah Webster cismou de mudar isso. Daí escreveu o primeiro dicionário do inglês americano, alterando para sempre a ortografia de vários termos. Escreveu também uma gramática e, em 1783, o ***Webster's Spelling Book***, todo dedicado à ortografia, que foi durante muito tempo o preferido dos professores do país, chegando a vender mais de 1 milhão de exemplares.

VII

POUCO TEMPO DEPOIS de eu ter ido morar em Baltimore, Richard, o filho mais novo de meu antigo senhor, morreu, e, três anos e meio após sua morte, meu antigo senhor, o capitão Anthony, também morreu, deixando apenas seu filho Andrew e sua filha, Lucretia, para dividir as propriedades. Richard morreu durante uma visita à sua filha em Hillsborough. Levado assim inesperadamente, não deixou testamento que indicasse o que fazer de suas posses. Era, portanto, necessário realizar uma avaliação do patrimônio, a fim de dividi-lo em partes iguais entre a senhora Lucretia e o senhor Andrew. Fui chamado para ser avaliado com as demais propriedades. Aqui meus sentimentos de ódio à escravidão se acentuaram. Eu tinha agora uma nova concepção de minha condição degradada. Antes disso, se não era de todo insensível em relação ao meu destino, eu o era ao menos em parte. Saí de Baltimore com meu jovem coração dominado pela tristeza e a alma cheia de apreensão. Viajei como passageiro do capitão Rowe, na escuna *Wild Cat*, e, após uma navegação de vinte e quatro horas, encontrei-me perto do meu local de nascimento. Ausentara-me dali por quase cinco anos. No entanto, lembrava-me muito bem do lugar. Tinha cinco anos quando saíra dali para viver com meu antigo senhor na fazenda do coronel Lloyd, de modo que estava, na ocasião, com dez ou onze anos.

Fomos todos enfileirados para a avaliação. Homens e mulheres, velhos e jovens, casados e solteiros eram classificados com cavalos, ovelhas e porcos. Havia cavalos e homens, gado e mulheres, porcos e crianças, todos ocupando a mesma posição na escala da existência, e todos submetidos ao mesmo exame rigoroso. Dos velhos grisalhos aos jovens alegres, das donzelas às matronas, todos tiveram de passar pela mesma inspeção indelicada. Nesse momento, vi de modo mais evidente do que nunca os efeitos brutalizantes da escravidão, tanto para os escravizados quanto para os escravizadores.

Após a avaliação, veio a divisão dos bens. Não tenho linguagem para expressar a grande excitação e a profunda ansiedade que nós, pobres escravizados, sentimos nesse momento. Nosso destino estava, então, para ser decidido. Nessa decisão, não tínhamos mais voz do que as bestas entre as quais estávamos colocados. Uma única palavra dos homens brancos era suficiente – contra todos os nossos desejos, orações e súplicas – para separar de modo definitivo os melhores amigos e os parentes mais queridos, cortando os laços mais fortes que o ser humano conhece. Além da dor da separação, havia o pavor diante da possibilidade de cair nas mãos do senhor Andrew. Ele era conhecido por todos nós como o mais cruel dos miseráveis – um bêbado que, por sua administração imprudente e comportamento esbanjador, já havia perdido grande parte dos bens do pai. Todos sentíamos que poderíamos ser vendidos de uma vez aos comerciantes da Geórgia em vez de passar primeiro por suas mãos, pois sabíamos que esse seria um processo inevitável – uma condição da qual tínhamos o maior receio e horror.

Sofri mais de ansiedade do que a maioria dos meus companheiros escravizados. Eu sabia o que era ser tratado com bondade; eles nada sabiam a respeito. Tinham visto pouco ou nada do mundo. Eles eram, de fato, homens e mulheres da tristeza, familiarizados com o sofrimento. Suas costas estavam acostumadas ao chicote sangrento, tanto que se tornaram calejadas; as minhas ainda estavam macias, pois, em Baltimore, havia recebido poucas chicotadas, e poucos escravizados podiam se gabar de um senhor e uma senhora mais bondosos que os meus. O pensamento de passar de suas mãos para as do senhor Andrew deixava-me bastante ansioso em relação ao meu destino, pois ele era um homem que, poucos dias antes, para me dar uma amostra de sua disposição sangrenta, pegara meu irmãozinho pela garganta, jogara-o no chão e, com o salto de sua bota, pisara em sua cabeça até o sangue jorrar de seu nariz e de suas orelhas. Depois de ter cometido esse ultraje selvagem contra meu irmão, ele se virou para mim e disse que era assim que pretendia me tratar *um dia desses* – querendo dizer, suponho, quando eu estivesse em sua posse.

Graças a uma bondade da Providência, caí no lote da senhora Lucretia e fui mandado de volta a Baltimore, para viver de novo com a família do senhor Hugh. A alegria deles com o meu retorno igualou-se à tristeza demonstrada com a minha partida. Foi um dia feliz para mim. Escapara de um destino pior que o de ser pego pelas garras de um leão[5]. Havia ficado ausente de Baltimore, para fins de avaliação e divisão, apenas por um mês, aproximadamente, mas que parecia ter sido seis.

O Daniel da Bíblia foi injustamente acusado e atirado à cova dos **leões**; porém, como tinha uma fé incrível em Deus, **escapou** ileso de lá.

Logo após meu retorno a Baltimore, minha senhora, Lucretia, morreu, deixando o marido e uma filha, Amanda; e, bem pouco tempo após sua morte, o senhor Andrew morreu também. Agora todos os bens do meu antigo senhor, inclusive os escravizados, estavam nas mãos de estranhos, os quais nada haviam feito para acumulá-los. Nenhum escravizado ganhou a liberdade. Todos permaneceram escravizados, do mais jovem ao mais velho. Se alguma coisa em minha experiência, mais do que outra, serviu para aprofundar minha convicção do caráter infernal da escravidão e para me encher de indizível aversão pelos senhores de escravizados, foi a ingratidão vil com que trataram minha pobre avó. Ela servira fielmente ao meu antigo senhor, da juventude até a velhice. Havia sido a fonte de toda a sua riqueza; havia povoado sua fazenda com outros escravizados; tornara-se bisavó durante seu serviço. Ela o embalara quando bebê, cuidara dele na infância, servira-o por toda a vida e, em seu falecimento, enxugara de sua testa gelada o suor frio da morte e fechara seus olhos para sempre. No entanto, ela havia sido mantida

5 Referência ao trecho da Bíblia em Daniel, 6:1. (N. da T.)

na condição de escravizada – cativa para a vida toda, escravizada nas mãos de estranhos; e viu seus filhos, seus netos e seus bisnetos divididos como ovelhas, sem poder contar com o pequeno privilégio de proferir uma única palavra em relação ao próprio destino. E, para coroar o clímax dessa gigante ingratidão e dessa diabólica barbárie, seus novos senhores, descobrindo que minha avó, agora muito velha – tendo sobrevivido ao meu antigo senhor e a todos os seus filhos, tendo visto o começo e o fim de todos eles –, já tinha o corpo atormentado pelas dores da velhice e que, assim, era de pouco valor, levaram-na para a floresta, construíram para ela uma pequena cabana, ergueram uma chaminé de barro e lhe deram o privilégio de se sustentar a si mesma, ali, na mais perfeita solidão. Abandonaram-na para morrer! Se minha pobre avó estiver viva agora, vive para sofrer em total solidão; vive para lembrar e lamentar a perda de suas filhas, a perda de suas netas e a perda de suas bisnetas. Que estão, nas palavras de Whittier, o poeta dos escravizados:

John Greenleaf Whittier, poeta americano e ativista pró-abolição, viveu de 1807 a 1892. Ele compôs vários poemas contra a escravidão, os quais eram publicados no jornal de William Lloyd Garrison, que escreveu o prefácio deste livro.

Perdidas, perdidas – vendidas e perdidas,
Para os campos de arroz úmidos e solitários.
Onde o chicote, sem cessar, castiga,
Onde o inseto nocivo pica,
Onde o demônio da febre espalha
O veneno com o orvalho que cai,
Onde os raios de um sol doente brilham
Atravessando o ar quente e enevoado;
Perdidas, perdidas – vendidas e perdidas,
Para os campos de arroz úmidos e solitários,
Nas colinas e nos charcos da Virgínia;
Ai de mim, minhas filhas roubadas![6]

O lar está deserto. As crianças, as crianças inocentes, que uma vez cantaram e dançaram em sua presença, se

6 Tradução livre do poema "The Farewell of a Virginia Slave Mother to Her Daughters Sold into Southern Bondage" [O adeus de uma mãe escravizada da Virgínia a suas filhas vendidas como escravizadas para o Sul], de 1838, escrito por Whittier. (N. da T.)

foram. Ela tateia seu caminho, na escuridão da velhice, em busca de um copo de água. Em vez das vozes de seus filhos, ela ouve, durante o dia, os gemidos da pomba e, à noite, os gritos da coruja medonha. Tudo é pessimismo. A sepultura está à sua porta. E agora, torturada com as dores e queixas da velhice, quando a cabeça se inclina para os pés, quando o início e o fim da existência humana se encontram, e a infância desamparada e a velhice dolorosa se conjugam – nesse momento de maior necessidade, o momento para o exercício da ternura e da afeição que só as crianças podem exercer diante de um parente em declínio –, minha pobre avó, mãe devotada de doze filhos, é deixada sozinha, numa pequena cabana, diante de algumas poucas brasas. Ela se levanta, ela se senta, ela cambaleia, cai, geme e morre – e não há nenhum de seus filhos ou netos presentes para enxugar de sua testa enrugada o suor frio da morte ou colocar sob a grama seus restos caídos. Não há um Deus justo para nada disso?[7]

Dois anos após a morte da senhora Lucretia, o senhor Thomas casou-se com sua segunda esposa. O nome dela era Rowena Hamilton, filha mais velha do senhor William Hamilton. O senhor agora morava em St. Michael. Pouco tempo depois de seu casamento, houve um mal-entendido entre ele e o senhor Hugh e, como forma de punir o irmão, o senhor Thomas me levou para viver em St. Michael. Sofri outra dolorosa separação. Não tão severa quanto a que eu temia na época da partilha das propriedades, pois, nesse intervalo, ocorrera uma grande mudança com o senhor Hugh e sua outrora bondosa e afetuosa esposa. A influência do conhaque sobre ele e da escravidão sobre ela efetuara uma mudança desastrosa no caráter de ambos, de modo que, no que dizia respeito a eles, eu achava que tinha pouco a perder com isso. Não era a eles que eu estava apegado, meu apego mais forte era por aqueles garotinhos de Baltimore. Eu havia recebido muitas boas lições deles, e continuava recebendo, e a ideia de deixá-los doía de fato. Eu também estava partindo sem a esperança de poder voltar. O senhor

---

7 Trecho inspirado nas passagens bíblicas em Jeremias, 5:9 e 29. (N. da T.)

Thomas havia dito que nunca mais me deixaria voltar. Considerava intransponível a barreira entre ele e o irmão.

Lamentei, então, não ter ao menos tentado cumprir minha resolução de fugir, pois as possibilidades de sucesso são dez vezes maiores na cidade do que no campo.

Fui de Baltimore para St. Michael na chalupa *Amanda*, do capitão Edward Dodson. No caminho, dei atenção especial à direção que os barcos a vapor tomavam para ir a Filadélfia. Descobri que, em vez de descer, eles subiam a baía, na direção nordeste, onde chegavam a North Point. Eu considerava esse conhecimento da maior importância. Minha determinação de fugir fora revivida. Resolvi apenas esperar uma oportunidade favorável. Eu estava determinado a ir embora tão logo isso acontecesse.

X

CHEGO AGORA A UM PERÍODO da minha vida em que posso dar datas. Saí de Baltimore e fui viver com o senhor Thomas Auld, em St. Michael, em março de 1832. Mais de sete anos haviam se passado desde que tinha ido morar com ele e a família de meu antigo senhor na fazenda do coronel Lloyd. Por certo agora éramos quase estranhos um ao outro. Ele era um novo senhor, eu era um novo escravizado. Eu nada sabia sobre seu temperamento, ele nada sabia do meu. Em pouco tempo, no entanto, passamos a nos conhecer muito bem. Conheci também sua esposa de modo pleno. Os dois combinavam, porque eram igualmente mesquinhos e cruéis. Eu estava agora, pela primeira vez em sete anos, sentindo as terríveis dores da fome – algo que não experimentava desde que deixara a fazenda do coronel Lloyd. Foi bastante difícil olhar para trás e ver que não havia tido nenhum período de fartura; agora, porém, depois de morar com a família do senhor Hugh, onde sempre tivera comida boa e suficiente, estava sendo dez vezes mais difícil. Eu disse que o senhor Thomas era um homem mau. E ele era. Não dar a um escravizado o suficiente para comer é considerado o ponto mais alto da mesquinhez, mesmo entre os senhores de escravizados. A regra é: não importa quão ruim seja a comida, apenas não deixe faltar. Essa é a teoria e, na parte de Maryland de onde vim, é também a prática – embora haja muitas exceções. O senhor Thomas não nos dava comida suficiente, nem ruim nem boa. Na cozinha, éramos quatro escravizados: minha irmã Eliza, minha tia Priscilla, Henny e eu; recebíamos menos de doze quilos de fubá por semana, e pouco mais do que isso na forma de carne ou legumes. Não era suficiente para a nossa subsistência. Estávamos, portanto, reduzidos à miserável realidade de viver à custa de nossos vizinhos. Fazíamos isso pedindo esmolas e roubando, de acordo com o que fosse mais factível no momento da necessidade, porque uma coisa era considerada tão legítima quanto a outra. Muitas vezes nós, pobres criaturas, quase perecíamos de fome, enquanto comida em abundância apodrecia no depósito e no defumador, com nossa piedosa senhora ciente do fato; ainda assim, aquela senhora e seu marido se ajoelhavam todas as manhãs e oravam para que Deus abençoasse seu cesto e sua amassadeira![8]

Por piores que sejam os senhores de escravizados, é raro encontrarmos um destituído de todos os elementos de caráter que despertam respeito. Meu senhor era desse tipo raro. Não conheço um único ato nobre realizado por ele. Seu principal traço de caráter era a mesquinhez; se havia qualquer outro elemento em sua natureza, acabava dominado por ela. Ele era mau e, como a maioria dos homens maus, faltava-lhe a capacidade de esconder sua maldade. O capitão Auld não nasceu dono de escravizados. Ele era pobre, dono de apenas uma embarcação. Tomara posse de todos os seus cativos por meio do casamento, e, de todos os tipos de homens, os senhores de escravizados recebidos dessa forma são os piores. Ele era cruel, mas covarde. Ordenava sem firmeza. Na aplicação das regras, às vezes era rígido e outras, negligente. Às vezes, falava com seus cativos com a firmeza de Napoleão e a fúria de um demônio; outras vezes, poderia ser confundido com uma pessoa perdida a perguntar qual era o caminho. Ele não se ajudava. Se não fosse por suas orelhas, poderia passar por leão. Se tentava alguma coisa nobre, sua maldade brilhava mais. Sua aparência, suas palavras e suas ações eram iguais às de senhores de escravizados natos, porém, sendo imitações, eram constrangedoras. Ele não era sequer um bom imitador. Contava com toda a

8 Ou seja, que Deus os abençoasse com fartura. Referência ao trecho da Bíblia em Deuteronômio, 28:5. (N. da T.)

disposição para enganar, mas lhe faltava o poder. Não tendo recursos, era compelido a ser copista dos outros, e, como tal, acabava vítima da inconsistência. Como consequência, era objeto de desprezo, tratado assim inclusive por seus escravizados. O luxo de ter os próprios cativos para servi-lo era algo novo e para o qual não estava preparado. Era um senhor de escravizados sem capacidade para sê-lo. Ele se viu incapaz de administrar seus cativos pela força, pelo medo ou por estratagemas. Raramente o chamávamos de "senhor"; em geral o chamávamos de "capitão Auld", e quase nunca estávamos dispostos a lhe dar um título qualquer. Não tenho dúvida de que nossa conduta tinha algo a ver com ele parecer desajeitado e, consequentemente, irritado. Nossa falta de reverência deve tê-lo deixado muito perplexo. Ele queria que o chamássemos de senhor, mas não tinha a firmeza necessária para nos ordenar que fizéssemos isso. Sua esposa costumava insistir em que o chamássemos dessa maneira, mas não obteve sucesso. Em agosto de 1832, meu senhor participou de um culto campal metodista, na baía do condado de Talbot, e ali experimentou a religião. Alimentei uma tênue esperança de que sua conversão pudesse levá-lo a emancipar seus escravizados e que, se isso não ocorresse, pelo menos ele se tornaria mais gentil e humano. Fiquei desapontado em ambos os aspectos. Aquilo não o tornou mais humano com os escravizados nem o fez emancipá-los. Se teve algum efeito em seu caráter, foi torná-lo mais cruel e odioso em todos os seus modos, pois acredito que ele tenha se tornado um homem muito pior após sua conversão. Antes, ele confiava em sua própria depravação para protegê-lo e sustentá-lo em sua barbárie selvagem; depois, ele encontrou sanção religiosa e respaldo para sua crueldade de senhor de escravizados. Tinha as maiores pretensões de piedade. Sua casa era local de preces. Ele orava pela manhã, ao meio-dia e à noite. Logo se distinguiu entre seus irmãos e, rapidamente, tornou-se proselitista e líder entre os de sua classe. Sua atividade nos cultos

Proselitista > quem converte pessoas para uma doutrina ou religião.

John Weslley (1703-1791), pastor da Igreja Anglicana, fundou o movimento que deu origem mais tarde à Igreja Metodista. Ele criou um sistema de reuniões semanais de um grupo (classe) de doze a quinze pessoas comuns (sem estudos de teologia). Esses encontros eram organizados pelo **líder de classe** – um sujeito de comportamento exemplar, que deveria fazer o possível para que todos aprendessem e seguissem os princípios metodistas.

era grande, e ele provou ser um instrumento nas mãos da igreja para a conversão de muitas almas. Sua casa era a casa dos pregadores. Tinham grande prazer em se hospedar lá, pois, enquanto ele nos deixava com fome, empanturrava os seus. Tínhamos três ou quatro pregadores lá a cada vez. Os nomes daqueles que costumavam ir com mais frequência, enquanto lá vivi, eram: senhor Storks, senhor Ewery, senhor Humphry e senhor Hickey. Também vi o senhor George Cookman em nossa casa. Nós, escravizados, amávamos o senhor Cookman. Acreditávamos que ele era um bom homem. Nós o consideramos fundamental para que o senhor Samuel Harrison, senhor de escravizados muito rico, emancipasse seus cativos; e tínhamos a impressão de que trabalhava para efetuar a emancipação de todos os escravizados. Quando ele estava em nossa casa, éramos sempre chamados para as orações. Quando os outros iam lá, às vezes éramos chamados e às vezes não. O senhor Cookman notava nossa presença muito mais que qualquer dos outros pastores, mas não podia misturar-se conosco sem trair suas simpatias, e, por mais estúpidos que fôssemos, tínhamos a sagacidade de perceber isso.

George Grimston Cookman era inglês e foi para os Estados Unidos a negócios, mas, quando lá chegou, cismou de virar pastor. Voltou para casa, deu um drible no pai e foi de novo para os Estados Unidos, com o objetivo, dizem, de participar do processo de abolição da escravatura no Sul do país.

Quando vivia com meu senhor em St. Michael, apareceu um jovem branco, o senhor Wilson, que propôs manter uma escola sabática para a instrução dos escravizados que estivessem dispostos a aprender a ler o Novo Testamento. Nós nos encontramos apenas três vezes, quando o senhor West e o senhor Fairbanks, ambos líderes de classe, com muitos outros, vieram para cima de nós com paus e outros projéteis; eles nos expulsaram e proibiram novos encontros. Assim terminou nossa pequena escola sabática na piedosa cidade de St. Michael.

Naquela época, a **escola sabática** eram aulas dadas aos domingos para pessoas sem muitas chances de estudar. Havia, sim, um pouco da questão cristã, mas também muito de alfabetização e de operações básicas da matemática.

Eu disse que meu senhor encontrou sanção religiosa para sua crueldade. Como exemplo, vou mencionar um dos muitos fatos que provam essa acusação. Eu o vi amarrar uma jovem manca e açoitar com um pesado chicote seus ombros nus, fazendo seu sangue quente e vermelho gotejar;

para justificar tal ato sangrento, citara esta passagem da Escritura: "Aquele servo que conhece a vontade de seu senhor e não prepara o que ele deseja, nem o realiza, receberá muitos açoites"[9].

Meu senhor mantinha a jovem nessa situação horrível, machucada e amarrada, quatro ou cinco horas a cada vez. Eu o vi amarrá-la bem cedo e chicoteá-la antes do café da manhã, deixá-la ali, ir ao seu armazém, voltar para jantar e açoitá-la novamente, cortando-a nos lugares que já estavam em carne viva com seu chicote cruel. O segredo da crueldade do senhor para com "Henny" residia no fato de ela ser indefesa. Quando criança, ela caíra em uma fogueira e se queimara de modo horrível. Suas mãos ficaram tão queimadas que ela nunca conseguiu usá-las. Podia fazer muito pouco além de carregar fardos pesados. Representava uma despesa para o nosso senhor e, como ele era um homem mau, ela era uma afronta constante. Ele parecia desejar se livrar dela. Certa vez, ele a deu para sua irmã, mas, sendo um mau presente, ela não estava disposta a mantê-la. Por fim, meu benevolente senhor, para usar suas próprias palavras, "soltou-a no mundo, para cuidar de si mesma". Esse era um homem recém-convertido, que, ao mesmo tempo que prendia a mãe de Henny, abandonava a filha dela, indefesa, para morrer de fome! O senhor Thomas era um dos muitos senhores de escravizados piedosos que mantinham escravizados com o objetivo muito caridoso de cuidar deles.

Meu senhor e eu tínhamos muitas diferenças. Ele me achava inadequado para seus propósitos. A vida na cidade, segundo ele, tivera um efeito muito pernicioso sobre mim. Quase me arruinara para todas as finalidades boas e me preparara para todas as coisas ruins. Um dos meus maiores defeitos era deixar seu cavalo fugir para a fazenda de seu sogro, a oito quilômetros de St. Michael. Eu tinha, então, de ir até lá buscá-lo. A razão para esse tipo de descuido, ou

9 Referência ao trecho da Bíblia em Lucas 12:47. O versículo seguinte (48) do evangelho prossegue: "Mas o que não a soube, e fez coisas dignas de açoites, com poucos açoites será castigado. E, a qualquer que muito for dado, muito se lhe pedirá, e, ao que muito se confiou, muito mais se lhe pedirá". (N. da T.)

subterfúgio, era que eu sempre conseguia algo para comer quando ia lá. O senhor William Hamilton, sogro de meu senhor, fornecia comida suficiente para seus escravizados. Eu nunca saía de lá com fome, por mais depressa que precisasse retornar. Por fim, o senhor Thomas disse que não admitiria mais aquilo. Eu vivia com ele fazia nove meses, período durante o qual ele tinha me dado fortes chicotadas, todas sem efeito. Resolveu, então, que me mandaria, como disse, ser domado; com esse objetivo, me deixou por um ano com um homem chamado Edward Covey. O senhor Covey era um homem pobre, um arrendatário de fazenda. Ele alugava o lugar em que morava, bem como as mãos para cultivá-lo. O senhor Covey adquirira grande reputação por amansar escravizados jovens, reputação que era de imenso valor para ele. Isso permitia que ele cultivasse sua fazenda com muito menos despesas do que seria possível sem tal reputação. Alguns senhores de escravizados achavam que não era grande perda deixar seus cativos com o senhor Covey por um ano, sem qualquer outra compensação além do treinamento a que eram submetidos. Ele conseguia jovens ajudantes com grande facilidade, por causa dessa fama. Além das boas qualidades naturais do senhor Covey, ele era professor de religião – uma alma piedosa –, membro e líder de classe na Igreja Metodista. Tudo isso deu peso à sua imagem de "amansador de *niggers*". Eu tinha ciência de todos esses fatos, havia sido informado por um jovem que vivera por lá. Mesmo assim, fiz a mudança de bom grado, pois sabia que teria o suficiente para comer, o que, para um homem faminto, não é algo de menor importância.

X

SAÍ DA CASA DO SENHOR THOMAS e fui viver com o senhor Covey no dia 1º de janeiro de 1833. Agora, pela primeira vez, iria trabalhar no campo. Em minha nova atividade, eu me sentia ainda mais desajeitado que um menino de fazenda que parecia estar em uma cidade grande. Vivia ali não fazia uma semana, e o senhor Covey me deu uma surra tão forte que cortou minhas costas, fez meu sangue escorrer e levantou em minha carne vergões tão largos quanto meu dedo mindinho. Os detalhes desse caso são os seguintes: o senhor Covey me mandou, de manhã bem cedo, em um dos dias mais frios do mês de janeiro[10], buscar um carregamento de madeira na floresta. Ele me deu dois bois bravos, emparelhados. Disse-me qual era o boi da esquerda e qual era o boi da direita. Então, amarrou a ponta de uma grande corda ao redor dos chifres do boi da esquerda e me deu a outra ponta, dizendo-me que, se os bois começassem a correr, eu deveria puxar a corda. Nunca conduzira bois antes e, claro, era muito desajeitado na função. No entanto, consegui chegar à floresta sem muita dificuldade. Porém, logo depois de entrarmos ali, os bois se assustaram e começaram a correr a toda a velocidade, batendo com a carroça contra árvores e arbustos de maneira assustadora. A todo momento, eu esperava ser arremessado de cabeça contra alguma árvore. Após correrem assim por

O carro de boi é puxado por um ou mais pares de bois e "dirigido" por um carreiro. Cada par de bois é chamado de parelha. E o carreiro segue sempre a pé ao lado, com os bois à sua direita. Em geral, os bois estão treinados e acostumados com uma mesma posição na parelha. O **boi da esquerda** é o que segue mais próximo do carreiro. O **da direita** é o que segue mais distante da pessoa. Como se vê no episódio, os bois aqui não eram domados.

10 Em janeiro, é inverno no hemisfério Norte. (N. da T.)

uma distância considerável, eles por fim viraram a carroça, arremessando-a com grande força contra uma árvore, e se jogaram em um matagal denso. Como escapei da morte, não sei dizer. Lá estava eu, sozinho, em uma floresta cerrada, em um lugar novo para mim. A carroça estava virada e muito danificada, os bois se encontravam enredados entre as árvores jovens e não havia ninguém para me ajudar. Depois de longo período de esforço, consegui endireitar a carroça, desemaranhei os bois e os prendi novamente. Segui para a área onde, no dia anterior, havia cortado lenha e enchi bastante a carroça, acreditando que, assim, iria domar os animais. Segui, então, o caminho para casa. Tudo isso consumira metade do dia. Saí da floresta em segurança e me sentia fora de perigo. Parei os bois para abrir a porteira da fazenda e, assim que fiz isso, antes que pudesse pegar a corda, os animais recomeçaram a correr e atravessaram o portão, acertando-o com a roda e o corpo da carroça, deixando-o em pedaços e passando a poucos centímetros de me esmagar contra o poste lateral da entrada. Então, duas vezes em um mesmo dia, escapei da morte por mero acaso. Ao retornar, contei ao senhor Covey o quê, e como, havia acontecido. Ele ordenou que eu voltasse à floresta imediatamente. Fiz isso, e ele me seguiu. Assim que chegamos, ele se aproximou, ordenou que eu encostasse a carroça e disse que me ensinaria como desperdiçar meu tempo e quebrar porteiras. Caminhou até um grande eucalipto e, com seu machado, cortou três grandes chibatas. Depois de apará-las com o canivete, ordenou-me que tirasse a roupa. Nada lhe respondi, mas fiquei com minhas roupas. Ele repetiu o pedido. Segui sem lhe responder e não dei sinais de que iria me despir. Diante disso, ele se lançou contra mim com a ferocidade de um tigre, rasgou minhas roupas e me açoitou até desgastar as chibatas, cortando-me com tanta selvageria que as marcas permaneceram visíveis por muito tempo. Essa surra de chicote foi a primeira de muitas similares, e por delitos semelhantes.

Morei por um ano com o senhor Covey. Nos primeiros seis meses, não se passava uma semana sem que ele me chicoteasse. Era raro que minhas costas estivessem livres de ferimentos. Minha falta de jeito era sua desculpa para me açoitar. Trabalhávamos até o limite de nossa resistência. Bem antes do amanhecer, estávamos de pé, com os cavalos alimentados, e, ao raiar do dia, partíamos para o campo com as enxadas e os bois. O senhor Covey nos fornecia comida suficiente, mas pouco tempo para comê-la. Muitas vezes tínhamos menos de cinco minutos para fazer nossas refeições. Não raro permanecíamos no campo desde a primeira luz do dia até que o último raio de sol tivesse nos deixado; e, na época da colheita de forragem, muitas vezes dava meia-noite e ainda nos encontrávamos no campo com as foices na mão.

O senhor Covey ia conosco. Para conseguir nos acompanhar, ele passava a maior parte de suas tardes na cama. Então saía ao anoitecer, bem-disposto, pronto para nos encorajar com suas palavras, com seu exemplo e, frequentemente, com seu chicote. O senhor Covey era um dos poucos senhores de escravizados que sabiam trabalhar com as mãos. Ele era um homem trabalhador. Sabia por experiência própria a quantidade de trabalho que um homem ou um garoto era capaz de fazer. Não havia como enganá-lo. O serviço continuava em sua ausência quase tão bem como quando ele não estava presente, pois tinha a capacidade de nos fazer sentir sua presença mesmo naqueles momentos em que não estava conosco. Conseguia tal feito nos surpreendendo. Era raro ele se aproximar abertamente do local onde estávamos trabalhando, se podia fazê-lo em segredo. Tentava sempre nos pegar de surpresa. Tal era sua astúcia que costumávamos chamá-lo, entre nós, de "a cobra". Quando trabalhávamos no milharal, ele às vezes rastejava para evitar ser detectado e, de repente, levantava-se entre nós e gritava: "Ha, ha! Vamos, vamos! Vamos trabalhar!". Sendo esse seu modo de ataque, não era seguro descansar um momento sequer. Suas aproximações eram como a de um ladrão à noite. Parecia estar sempre por perto, atrás de cada árvore, de cada toco, em cada arbusto e em cada janela da fazenda. Às vezes, ele montava em seu cavalo, como se fosse para St. Michael, a onze quilômetros de distância, e meia hora depois você o via escondido no canto da cerca de madeira, observando cada movimento dos escravizados. Para tanto, deixava seu cavalo amarrado na floresta. Da mesma forma, às vezes ele se aproximava e nos dava ordens como se estivesse prestes a iniciar uma longa viagem, virava as costas e insinuava ir para casa a fim de se preparar; mas, antes de chegar à metade do caminho, ele se curvava e rastejava para um canto da cerca, ou para trás de alguma árvore, e lá nos observava até o pôr do sol.

O *forte* do senhor Covey consistia no poder de enganar. Sua vida foi dedicada a planejar e perpetrar as fraudes mais vis. Tudo o que possuía na forma de conhecimento ou de religião era usado em sua disposição para enganar. Ele parecia se considerar capaz de enganar, inclusive, o Todo-Poderoso. Fazia uma oração curta pela manhã e uma longa à noite; e, às vezes, por mais estranho que pareça, poucos homens pareciam mais devotos do que ele. Os exercícios devocionais de sua família eram sempre iniciados com cantos; e, como ele era um cantor muito ruim, o hino em geral cabia a mim. Ele lia o hino e acenava na minha direção, para que eu desse início ao canto. Às vezes eu começava, às vezes, não. Minha recusa quase sempre gerava muita confusão. Para mostrar que não dependia de mim, ele iniciava o hino e gaguejava, da maneira mais dissonante. Nesse estado de espírito, ele acabava orando de modo medíocre. Pobre homem! Tais eram sua disposição e sua habilidade para enganar, que acredito de verdade que, às vezes, ele enganava a si próprio, crendo solenemente ser um adorador sincero do Deus Altíssimo; e isso numa época em que ele podia ser acusado de ter obrigado uma escravizada a cometer o pecado do adultério. Os fatos do caso são estes: o senhor Covey era um homem pobre; estava apenas começando na vida; podia comprar somente um escravizado e, por mais chocante que seja este fato, comprou uma escravizada, como disse, para servir de *reprodutora*. Essa mulher se chamava Caroline. O senhor Covey a comprou do senhor Thomas Lowe, a nove quilômetros de St. Michael. Ela era uma mulher grande e forte, com aproximadamente vinte anos. Já havia dado à luz um filho, o que provava que ela era o que ele procurava. Após comprá-la, ele contratou um homem casado, chamado senhor Samuel Harrison, para viver ali por um ano, e todas as noites colocava os dois juntos! O resultado foi que, no final daquele ano, a miserável mulher deu à luz gêmeos. O senhor Covey parecia muito satisfeito com o resultado, tanto com o homem quanto com a infeliz. Tal era sua alegria, e a de sua esposa, que nada que fizessem por Caroline enquanto ela se recuperava do parto parecia muito bom ou era muito difícil de ser feito. As crianças eram consideradas um acréscimo à sua riqueza.

Se em algum momento da minha vida, mais que em outro, fui obrigado a beber até o último gole da amargura da escravidão, isso ocorreu durante os primeiros seis meses de minha permanência com o senhor Covey. Trabalhávamos em todos os climas. Nunca estava muito quente nem muito frio; nunca havia chuva, vento, granizo nem neve demais que chegasse ao ponto de nos impedir de trabalhar no campo. Trabalhar, trabalhar, trabalhar, tanto durante o dia quanto à noite. Os dias mais longos eram curtos demais para o senhor Covey, e as noites mais curtas, longas demais. Quando cheguei às suas terras, era um tanto incontrolável, mas poucos meses dessa disciplina me domaram. O senhor Covey conseguiu me quebrar. Eu estava quebrado de corpo, alma e espírito. Minha elasticidade natural fora esmagada, meu intelecto definhara, a disposição para ler desaparecera, a faísca alegre que pairava em meu olhar morrera; a tenebrosa noite da escravidão havia se fechado sobre mim; eis um homem transformado em um bicho!

Domingo era o meu único tempo de lazer. Passava esse dia em uma espécie de estupor animalesco, entre o sono e a vigília, sob uma grande árvore. Às vezes eu me levantava e um lampejo de liberdade energética percorria minha alma, acompanhado de um leve raio de esperança, piscava por um momento, mas depois desaparecia. Eu afundava de novo, lamentando minha condição miserável. Às vezes, pensava em tirar minha vida e a do senhor Covey, mas era impedido por uma combinação de esperança e medo. Meus sofrimentos nessa fazenda parecem agora mais um sonho que uma dura realidade.

Nossa casa ficava próximo à baía de Chesapeake, cujo largo estava sempre branco, por conta das velas de todos os cantos do globo habitável. Aquelas belas embarcações, vestidas de branco puro, tão agradáveis aos olhos dos homens livres, eram para mim fantasmas amortalhados, que me aterrorizavam e atormentavam com reflexões sobre minha condição miserável. Muitas vezes, na profunda quietude de um domingo de verão, vi-me sozinho nas altas margens daquela nobre baía, observando, com coração entristecido e olhos lacrimosos, o incontável número de velas que partiam para o poderoso oceano. Essa visão sempre me afetou fortemente. Meus pensamentos obrigavam-me a falar; e ali, sem audiência a não ser o Todo-Poderoso, eu despejava a queixa da minha alma, à minha maneira rude, interpelando a multidão de navios em movimento:

> Sem suas amarras, vocês estão livres; eu tenho correntes firmemente presas em mim, sou um escravizado! Vocês se movem com alegria ao vento suave, e eu com tristeza, ao balanço do chicote sangrento! Vocês são os anjos de asas velozes da liberdade, que voam ao redor do mundo; eu estou confinado a elos de ferro! Ah, se eu fosse livre! Ah, se estivesse em um de seus galantes conveses e sob sua asa protetora! Ai de mim! Entre nós, turvas águas correm. Vão, vão. Ah, se eu também pudesse ir! Se soubesse nadar! Se pudesse voar! Ah, por que nasci homem, a quem transformaram em um ser bruto? O navio feliz se foi; esconde-se ao longe. Eu sou deixado no pior inferno da escravidão sem fim. Deus, salve-me! Deus, liberte-me! Deixe-me ser livre! Existe algum Deus? Por que sou escravizado? Fugirei. Não vou aguentar isso! Seja apanhado ou escape, vou tentar. Tanto faz morrer de febre quanto de febre amarela ou malária. Só tenho uma vida a perder. Tanto posso morrer correndo quanto morrer em pé. Basta pensar: cento e sessenta quilômetros ao norte, e estarei livre! Será que tento? Sim! Com a ajuda de Deus, tentarei. Não é possível que eu viva e morra escravizado. Irei pela água. Esta mesma baía ainda me levará à

É comum a gente associar a **malária** à ideia de um mal tropical, mas nem sempre foi assim. A doença fez grandes estragos no hemisfério Norte e só deixou de ser problema por lá no começo da década de 1950. Pelo menos oito peças de Shakespeare, por exemplo, citam de alguma forma *ague*, que era a palavra usada antigamente para designar a malária em inglês.

liberdade. Os barcos a vapor seguem para nordeste a partir de North Point. Farei igual e, chegando à ponta da baía, deixarei minha canoa à deriva e caminharei por Delaware até a Pensilvânia. Quando lá chegar, não me pedirão uma licença de viagem, poderei seguir sem ser incomodado. Quando a primeira oportunidade se oferecer, aconteça o que acontecer, fugirei. Enquanto isso, tentarei suportar o jugo. Não sou a única pessoa escravizada do mundo. Por que deveria me preocupar? Posso suportar tanto quanto qualquer outro. Além disso, sou apenas um garoto, e todos os garotos estão ligados a alguém. Pode ser que minha miséria na escravidão só intensifique minha felicidade ao me libertar. Um dia melhor está se aproximando.

Assim eu costumava pensar e assim falava comigo mesmo; em um momento quase enlouquecia e no seguinte reconciliava-me com a minha desgraça.

Já dei a entender que minha condição foi muito pior durante os primeiros seis meses de minha permanência na casa do senhor Covey do que nos últimos seis. As circunstâncias que levaram à mudança de atitude do senhor Covey em relação a mim são um marco em minha humilde história. Já mostrei como um homem é transformado em cativo; mostro agora como um cativo transforma-se em homem. Em um dos dias mais quentes do mês de agosto de 1833, Bill Smith, William Hughes, um escravizado chamado Eli e eu estávamos ocupados peneirando trigo. Hughes recolhia o trigo peneirado. Eli virava a peneira, Smith abastecia a peneira e eu trazia novas levas. O trabalho era simples, exigindo mais força do que intelecto; no entanto, para alguém desacostumado àquele serviço, foi muito pesado. Por volta das três da tarde daquele dia, desabei; minha força me abandonou. Fui acometido por uma violenta dor de cabeça, acompanhada de extrema vertigem. Tremia em cada membro. Sabendo o que poderia acontecer, procurei me recompor, pois sentia que não podia parar. Trabalhei enquanto pude carregar os grãos. Quando já não conseguia mais ficar em pé, caí e me senti como se estivesse sendo pressionado por um imenso peso. A peneira parou; cada um tinha sua própria tarefa a fazer, ninguém poderia fazer a tarefa do outro e a sua ao mesmo tempo.

O senhor Covey se encontrava em casa, a quase cem metros do pátio onde trabalhávamos. Ao ouvir que o trabalho havia parado, saiu imediatamente, indo até onde estávamos, e foi logo perguntando qual era o problema. Bill respondeu que eu adoecera e que não havia ninguém para trazer o trigo até a peneira. A essa altura, eu já havia me arrastado por baixo da cerca que circundava o pátio, esperando encontrar alívio ao me abrigar do sol. Ele, então, perguntou onde eu estava, e responderam. O senhor Covey se dirigiu a mim e, depois de me olhar por algum tempo, perguntou qual era o problema. Contei-lhe como pude, pois mal tinha forças para falar. Então, ele me chutou com selvageria as costelas e me mandou levantar. Tentei obedecer, mas voltei a cair. Ele me deu outro chute e de novo mandou que me levantasse. Tentei outra vez e consegui ficar em pé; no entanto, quando me abaixei para pegar a bacia com a qual vinha alimentando a peneira, voltei a cambalear e cair. Enquanto estava caído, o senhor Covey pegou o sarrafo de nogueira com o qual Hughes estava recolhendo as medidas de trigo e deu-me um forte golpe na cabeça, abrindo um grande ferimento. O sangue correu livre e, ainda assim, ele voltou a ordenar que me levantasse. Não fiz esforço algum para obedecer, tendo decidido deixá-lo fazer o pior. Pouco tempo depois de receber esse golpe, minha cabeça melhorou. O senhor Covey havia me deixado em paz. Nesse momento resolvi, pela primeira vez, ir ao meu senhor fazer uma reclamação e pedir sua proteção. Para isso, precisei caminhar onze quilômetros naquela tarde, o que, dadas as circunstâncias, era um empreendimento extenuante. Eu estava extremamente fraco, tanto pelos chutes e pelas pancadas que havia recebido como pela doença que me acometera. No entanto, percebi uma possibilidade, enquanto Covey olhava na direção oposta, e parti para St. Michael. Já tinha conseguido percorrer uma distância considerável rumo à floresta quando Covey descobriu e ordenou que eu voltasse, avisando o que faria se eu não obedecesse. Ignorei tanto seus chamados quanto suas ameaças e me dirigi à floresta o mais rápido que meu estado de fraqueza permitia; considerando que ele poderia me alcançar com facilidade caso eu permanecesse na estrada, caminhei pela floresta, mantendo-me longe o suficiente da via a fim de evitar ser detectado e perto o bastante para evitar me perder. Não havia ido muito longe quando minhas forças falharam outra vez. Prosseguir era impossível. Caí e permaneci deitado por um período considerável. O sangue ainda escorria do ferimento na minha cabeça. Cheguei a pensar que iria sangrar até a morte, e hoje ainda penso que isso teria mesmo acontecido se o sangue coagulado em meu cabelo não tivesse estancado o ferimento. Depois de ficar estendido ali por três quartos de hora, voltei a reunir forças e recomecei meu caminho, atravessando charcos e matas cheias de espinhos, descalço e de cabeça descoberta, ferindo meus pés a cada passo; após um trajeto de aproximadamente onze quilômetros, o qual levei cerca de cinco horas para percorrer, cheguei ao armazém do meu senhor. Minha aparência impressionava qualquer um, exceto um coração de ferro. Dos pés à cabeça, eu estava coberto de sangue. Meu cabelo era um misto de poeira e sangue, minha camisa, ensanguentada, havia endurecido. Devia estar parecendo um homem que havia escapado de um covil de animais selvagens, mal escapulindo com vida. Nesse estado, surgi diante de meu senhor, suplicando-lhe, humildemente, que interpusesse sua autoridade para minha proteção. Contei-lhe todas as circunstâncias da melhor forma que pude, e minha fala pareceu afetá-lo. Ele, então, pôs-se a andar pela sala, tentando justificar Covey e dizendo que, por certo, eu havia merecido. Perguntou-me o que eu queria. Pedi para ser levado a uma nova casa, pois estava certo de que, se voltasse a viver com o senhor Covey, eu acabaria morrendo, porque ele me mataria, parecia determinado a fazê-lo. O senhor Thomas ridicularizou a ideia de que havia algum risco de o senhor Covey me matar e disse que o conhecia, sabia que ele era um bom homem e não cogitava a ideia de me tirar dele; disse que, se o fizesse, perderia o pagamento do ano inteiro; que eu pertencia ao senhor Covey por um ano e devia voltar para ele, acontecesse o que acontecesse; e então disse que eu deveria parar de inventar histórias, ou ele iria *cuidar de mim*. Depois de me ameaçar dessa forma, deu-me uma dose muito grande de sais, afirmando que eu poderia permanecer em St. Michael naquela noite (sendo já bastante tarde), mas que teria de voltar para a casa do senhor Covey pela manhã bem cedo; e que, se não o fizesse, ele *cuidaria de mim*, o que significava que iria me açoitar. Permaneci ali a noite toda e, de acordo com suas ordens, parti para a casa de Covey pela manhã (era um sábado), cansado de corpo e quebrado de espírito. Não jantei naquela noite, nem tomei café pela manhã. Cheguei à casa de Covey por volta das nove horas e, assim que passei pela cerca que separava a fazenda da senhora Kemp, Covey correu com seu chicote para me açoitar. Antes que ele pudesse me alcançar, consegui chegar ao milharal; como o milho estava bem alto, pude me esconder. Ele parecia bastante zangado e me procurou por um tempo longo. Meu comportamento era totalmente inaceitável. Por fim, ele desistiu da perseguição, pensando, suponho, que eu teria de sair dali para buscar o que comer; não se daria mais o trabalho de me procurar. Passei aquele dia na floresta, tendo a seguinte opção: ir para casa e ser chicoteado até a morte, ou ficar na floresta e morrer de fome. Naquela noite, encontrei Sandy Jenkins, um escravizado conhecido. Sandy tinha uma esposa livre, que morava a seis quilômetros da casa do senhor Covey; como era sábado, ele estava indo vê-la. Contei-lhe minhas circunstâncias, e ele muito gentilmente me convidou a acompanhá-lo. Fui e lhe contei toda a situação, recebendo seu conselho sobre o melhor curso de ação a seguir. Vi em Sandy um bom conselheiro. Ele me disse, com grande solenidade, que eu deveria voltar para o senhor Covey; mas que, antes disso, deveria acompanhá-lo a outra parte da floresta, onde havia uma certa *raiz*, a qual, se eu levasse um pouco comigo, guardando-a *sempre do meu lado direito*, tornaria impossível ao senhor Covey, ou a qualquer outro homem branco, me chicotear. Ele disse que carregava essa raiz havia anos e que, desde que começara a fazer isso, não havia mais recebido um golpe sequer, nem temia por isso. A princípio, rejeitei a ideia de que o simples fato de levar uma raiz no bolso tivesse tal poder, e não estava disposto a tentar; contudo, Sandy insistiu com muita seriedade na necessidade disso, dizendo-me que não poderia fazer mal, se não fizesse bem. Com o intuito de agradar-lhe, acabei pegando a raiz e, de acordo com sua orientação, carreguei-a do meu lado direito. Já era domingo pela manhã. Parti para casa e, quando passei pelo portão do pátio, o senhor Covey estava a caminho do culto. Ele falou comigo com gentileza, pediu-me para buscar os porcos de uma área vizinha e seguiu o caminho da igreja. Essa conduta singular do senhor Covey me fez começar a pensar que havia de fato algo na raiz que Sandy me dera; e, se fosse qualquer outro dia que não domingo, eu não poderia atribuir a conduta a nenhuma outra causa senão à influência daquela raiz; ainda assim, eu estava inclinado a pensar que a raiz era algo mais do que eu havia pensado. Tudo correu bem até segunda-feira cedo. Naquela manhã, a virtude da raiz foi testada por completo. Muito antes do raiar do dia, fui chamado para lavar, escovar e alimentar os cavalos. Obedeci e fiquei feliz em obedecer. Mas, enquanto estava ocupado, no momento em que jogava para baixo os fardos de feno estocados no andar de cima do estábulo, o senhor Covey entrou no estábulo com uma corda comprida e, bem quando metade do meu corpo estava para fora do palheiro, agarrou minhas pernas, se preparando para me amarrar. Assim que descobri o que ele pretendia fazer, dei um salto súbito e, ao fazê-lo, como ele segurava minhas pernas, me estatelei no chão do estábulo. O senhor Covey parecia pensar que me tinha e que podia fazer o que quisesse; no entanto, nesse momento – de onde me veio esse espírito, não sei –, resolvi lutar e, adequando minha ação à resolução, agarrei Covey com força pelo pescoço e me levantei. Ele se agarrou a mim, eu a ele. Minha resistência era tão inesperada que Covey estava surpreso. Ele tremeu como uma folha. Isso me deu segurança, e eu o agarrei sem dó, fazendo jorrar sangue de onde minhas unhas tocavam. O senhor Covey logo pediu ajuda a Hughes, que acorreu, e, enquanto Covey me segurava, tentou amarrar minha mão direita. Durante sua tentativa, vi minha chance e dei-lhe um chute forte nas costelas. O chute fez Hughes passar mal, de modo que me deixou nas mãos do senhor Covey. Esse golpe tivera o efeito de enfraquecer não apenas Hughes, mas também Covey, cuja coragem vacilou ao ver o outro curvado de dor. Ele me perguntou se eu pretendia persistir em minha resistência. Respondi que sim, acontecesse o que acontecesse; que ele havia me usado como uma besta por seis meses e que eu estava determinado a não mais ser usado. Com isso, ele se esforçou muito para me arrastar até um pedaço de pau que se encontrava fora da porta do estábulo. Ele pretendia me derrubar. Porém, quando se inclinava para pegar esse pedaço de pau, eu o agarrei com as duas mãos pelo colarinho e o puxei de repente para o chão. A essa altura, Bill chegou. Covey pediu-lhe ajuda. Bill indagou o que poderia fazer. Covey respondeu: "Segure-o, segure-o!". Bill disse que seu senhor o alugara para trabalhar, não para ajudar a me açoitar; então saiu de perto e nos deixou para que lutássemos a nossa batalha. Ficamos nisso por quase duas horas. Covey por fim me soltou, arfando, sem fôlego, e dizendo que, se eu não tivesse resistido, ele não teria me chicoteado tanto. A verdade é que ele não havia me chicoteado nem um pouco, e considero que ele levou a pior, pois sequer chegou a tirar sangue de mim, mas eu, sim, tirei sangue dele. Durante os seis meses seguintes que passei com o senhor Covey, ele nunca me levantou um dedo sequer. Ocasionalmente, dizia que não queria ter de me dar outra lição. "Não", eu pensava. "Você não quer, pois sairá pior do que antes."

A batalha com o senhor Covey foi o ponto de virada em minha trajetória como escravizado. Ela reacendeu as brasas de liberdade que já se expiravam e reavivou, dentro de mim, um senso de minha própria humanidade. Lembrou-me de minha autoconfiança, que havia me abandonado, e me inspirou outra vez com a determinação de ser livre. A gratificação por aquele triunfo foi uma compensação plena para qualquer outra coisa que pudesse acontecer, até mesmo a morte. Só pode compreender a profunda satisfação que experimentei quem repeliu pela força o braço sangrento da escravidão. Eu nunca tinha me sentido daquele jeito. Havia sido uma gloriosa ressurreição, da tumba da escravidão para o céu da liberdade. Meu espírito, havia muito abatido, elevara-se; a covardia partira, sendo substituída pela coragem desafiadora; então decidi que, por mais que permanecesse escravizado na forma, nunca mais seria escravizado de fato. Não hesitei em tornar público que o homem branco que pretendesse me açoitar teria também que conseguir me matar.

Desde esse momento, nunca mais fui açoitado, embora tenha permanecido escravizado por mais quatro anos. Tive várias lutas, porém não fui mais chicoteado.

Por muito tempo estranhei o fato de o senhor Covey não ter chamado um policial, o qual teria me levado ao pelourinho para ser chicoteado pelo crime de levantar a mão contra um homem branco em defesa de mim mesmo. E a única explicação que consigo imaginar não me satisfaz inteiramente, mas, ainda assim, eu a darei. O senhor Covey gozava de uma reputação ilimitada como feitor de primeira linha e destruidor de negros, o que sempre havia sido de considerável importância para ele. Essa reputação estava em jogo e, se ele tivesse enviado a mim – garoto de dezesseis anos – para o pelourinho público, ela teria sido perdida; então, para salvar sua imagem, deixou-me impune.

Ninguém sabe ao certo quando ou onde surgiu a ideia de erguer um pilar de madeira ou pedras para ali amarrar criminosos ou escravizados para uma sessão de tortura, mas o fato é que, no período colonial (e não apenas nos Estados Unidos), o **pelourinho** foi bastante utilizado e, em geral, em lugares bem à vista da comunidade, para que as chicotadas servissem não só para domar o castigado como também para intimidar os espectadores.

Meu período de serviço para o senhor Edward Covey terminou no Natal de 1833. Os dias entre o Natal e o Ano-Novo eram considerados feriados e, portanto, não nos exigiam nenhum trabalho além de cuidar do gado e alimentá-lo. Era um tempo que tratávamos como nosso, pela permissão de nossos senhores, e, portanto, usávamos e abusávamos dele quase como bem entendêssemos. Quem tinha família longe costumava ter autorização para passar os seis dias inteiros em sua companhia. Esse tempo, no entanto, era gasto de várias maneiras. Os sérios, sóbrios, pensativos e laboriosos passavam esse período fazendo vassouras de palha de milho, esteiras, arreios de cavalo e cestos; outros passavam o dia caçando gambás, lebres e guaxinins. Mas, de longe, a maior parte se dedicava a jogos e diversões como jogar bola, lutar, correr, tocar violino, dançar e beber uísque; esse último modo de passar o tempo era de longe o mais agradável aos olhos de nossos senhores: um escravizado que trabalhasse durante o feriado era considerado, por eles, um ingrato, alguém que rejeitara o favor de seu senhor. Não ficar embriagado no Natal era uma vergonha, e era considerado preguiçoso quem não havia garantido, durante o ano, os meios suficientes para ter uísque durante todo o feriado.

Pelo que conheço do efeito desses feriados sobre um escravizado, acredito que estejam entre os meios mais eficazes de conter as ameaças de insurreição. Se os senhores de escravizados abandonassem de imediato essa prática, não tenho a menor dúvida de que isso levaria a uma insurreição entre os cativos. Esses feriados servem como condutores, ou válvulas de escape, para conter o espírito rebelde da humanidade escravizada. Não fossem os feriados, seríamos forçados ao mais selvagem desespero, e ai do senhor de escravizados no dia em que se atreverem a remover ou impedir a operação desses condutores! Eu o advirto de que, em tal evento, em seu meio se elevará um espírito mais temível que o mais apavorante dos terremotos.

Os feriados são parte integrante da enorme fraude, injustiça e desumanidade da escravidão. Alegam ser um costume estabelecido pela benevolência dos senhores de escravizados, mas digo que se trata do resultado do egoísmo e uma das fraudes mais flagrantes cometidas contra o escravizado oprimido. Concedem os feriados, não porque não queiram que os escravizados trabalhem, mas porque sabem não ser seguro privá-los deles. Isso pode ser percebido pelo fato de os senhores de escravizados gostarem de que os cativos passem esses dias de modo que fiquem felizes tanto com o fim quanto com o início do feriado. O objetivo parece ser o de enojá-los com a liberdade, mergulhando-os nas profundezas dos desregramentos. Por exemplo, os senhores não apenas gostam de ver o escravizado beber por vontade própria, mas também adotam vários estratagemas para embriagá-lo. Uma das estratégias é apostar quem pode beber mais uísque sem ficar bêbado; assim, conseguem fazer com que multidões inteiras bebam em excesso. Dessa forma, quando o escravizado pede uma liberdade virtuosa, o astuto senhor, sabendo de sua inocência, engana-o com uma dose de dissipação viciosa, habilmente rotulada de liberdade. A maioria de nós costumava beber, e o resultado era o que se poderia supor: muitos foram levados a pensar que havia pouca diferença entre liberdade e escravidão. Sentíamos, e de modo muito apropriado, que era indiferente ser escravizado pelo homem ou pelo rum. Assim, quando o feriado terminava, cambaleávamos da sujeira em que havíamos chafurdado, respirávamos fundo e marchávamos para o campo, em geral nos sentindo bastante felizes por sair daquilo que nosso senhor havia nos dado, enganosamente, como liberdade, de volta aos braços da escravidão.

Comentei que esse procedimento faz parte de todo o sistema de fraude e desumanidade da escravidão. E é assim mesmo. A estratégia adotada de enojar o escravizado com a liberdade, permitindo-lhe ver apenas o abuso dela, é empregada em outras situações. Por exemplo, um escravizado adora melaço e, certo dia, furta um pouco. Seu senhor, em muitos casos, vai até a cidade e compra uma grande quantidade do produto. Ele volta, pega o chicote e ordena ao escravizado que coma o melaço até o pobre coitado adoecer com a simples menção da palavra melaço. Esse método também é adotado para desencorajar pedidos de comida além da provisão regular. Um escravizado esgota sua provisão regular e solicita mais. Seu senhor fica furioso, mas, não querendo mandá-lo embora sem comida, dá-lhe mais do que o necessário e o obriga a comer tudo em certo tempo. Então, se ele reclama que não aguenta comer, diz-se que não está satisfeito, nem saciado, nem em jejum, e é açoitado por ser difícil de agradar! Tenho abundantes exemplos desse mesmo princípio, extraídos de minha própria observação, mas creio que os casos citados são suficientes. A prática é muito comum.

No dia 1º de janeiro de 1834, deixei o senhor Covey e fui viver com o senhor William Freeland, que morava a cinco

Se a gente fosse traduzir o sobrenome **Freeland**, seria "terra livre". Mas o homem com um sobrenome tão ligado à liberdade mantinha **seres humanos como escravizados**.

quilômetros de St. Michael. Logo descobri que o senhor Freeland era um homem muito diferente do senhor Covey. Embora não fosse rico, era o que se poderia chamar de um cavalheiro instruído do Sul. O senhor Covey, como demonstrei, era um bem treinado feitor e destruidor de negros. Já o senhor Freeland (embora senhor de escravizados) parecia ter certo cuidado com a honra, alguma reverência pela justiça e um pouco de respeito pela humanidade. Covey parecia totalmente insensível a todos esses sentimentos. O senhor Freeland apresentava muitos dos defeitos peculiares aos senhores de escravizados, como ser passional e irritável, mas devo fazer-lhe justiça dizendo que ele era livre dos vícios degradantes aos quais o senhor Covey se rendia com constância. Freeland era franco e transparente, e sempre sabíamos onde o encontrar. O senhor Covey era um vil enganador e só podia ser entendido por quem tivesse habilidade para detectar suas fraudes engenhosamente inventadas. Outra vantagem que detectei em meu novo senhor é que ele não tinha pretensões religiosas, e isso, na minha opinião, era de fato um aspecto positivo. Afirmo, sem hesitar, que a religião do Sul é mero disfarce para os crimes mais horríveis, uma justificativa de barbárie, um elemento santificador das mentiras mais odiosas e um abrigo no qual os atos mais sombrios, abomináveis, brutos e infernais dos senhores de cativos encontram a mais segura proteção. Se fosse levado de novo às correntes da escravidão, eu consideraria pertencer a um senhor religioso a maior calamidade que poderia me ocorrer, pois, de todos os senhores de escravizados que já conheci, os religiosos são os piores. Sempre os considerei os mais mesquinhos e vis, os mais cruéis e covardes de todos. Tive o infeliz destino não apenas de pertencer a um senhor de escravizados religioso, mas de viver em uma comunidade de tais religiosos. Perto do senhor Freeland morava o reverendo Daniel Weeden, e no mesmo bairro vivia o reverendo Rigby Hopkins. Ambos eram membros e ministros da Igreja Metodista Reformada. O senhor Weeden tinha, entre outros, uma escravizada cujo nome não recordo. As costas dessa mulher eram mantidas, por semanas, em carne viva, laceradas pelo chicote desse *religioso* impiedoso e miserável. Ele costumava alugar escravizados, e seu lema era: "Comporte-se bem ou comporte-se mal, é dever do senhor açoitar ocasionalmente um cativo, para lembrá-lo de sua autoridade". Essa era a sua teoria e a sua prática.

O senhor Hopkins era ainda pior que o senhor Weeden. Ele se vangloriava de sua habilidade no trato com os escravizados. A característica peculiar de seu comando era açoitá-los antes que merecessem. Sempre cuidava para ter um ou mais de seus escravizados para chicotear toda segunda-feira pela manhã. Fazia isso com o intuito de despertar medo e manter aterrorizados aqueles que escapavam. Sua estratégia era açoitar pelas menores ofensas, a fim de evitar que as maiores fossem cometidas. O senhor Hopkins sempre encontrava alguma desculpa para chicotear um escravizado. Surpreenderia alguém não acostumado à vida em meio à escravidão ver com que incrível facilidade um senhor de escravizados encontra desculpas para açoitar um cativo. Um mero olhar, uma palavra ou um gesto, um erro, um acidente ou a falta de capacidade, tudo é motivo para um escravizado ser chicoteado a qualquer momento. Um escravizado parece insatisfeito? Diz-se que ele tem o diabo dentro de si, o qual deve ser expulso pelo chicote. Ele responde em voz alta quando interpelado por seu senhor? Então está ficando arrogante e precisa ser contido. Esqueceu-se de tirar o chapéu diante da aproximação de um branco? Então lhe falta reverência e deve ser açoitado por isso. Atreve-se a justificar a própria conduta quando censurado? Então é culpado por insolência – um dos maiores crimes pelo qual um escravizado pode ser condenado. Ele se atreve a sugerir um modo diferente do apontado pelo senhor para realizar as tarefas? Então é, de fato, presunçoso e cheio de si, merecendo nada menos que o açoite. Enquanto ara a terra, ele quebra um arado, ou, enquanto capina, quebra uma enxada? Trata-se de puro descuido e, por isso, um escravizado deve sempre ser chicoteado. O senhor Hopkins sempre encontrava uma justificativa semelhante a essas para o uso do chicote e raramente deixava de aproveitar cada oportunidade. Os escravizados que não tinham suas próprias casas prefeririam viver na propriedade de qualquer outro homem de todo o condado a ter de morar com o reverendo Hopkins. No entanto, não havia um só homem, em toda a região, com pretensões religiosas mais elevadas ou que fosse mais ativo nas cerimônias, mais atento às aulas, aos encontros, aos grupos de orações e às pregações, ou mais devoto em sua família – que rezasse mais cedo, mais tarde, mais alto ou por mais tempo – do que esse reverendo, feitor de escravizados, Rigby Hopkins.

Mas voltemos ao senhor Freeland e à minha experiência enquanto estive a seu serviço. Ele, como o senhor Covey, fornecia comida suficiente, mas, ao contrário do senhor Covey, nos dava um bom tempo para fazer nossas refeições. Trabalhávamos duro, sempre entre o nascer e o pôr do sol. Ele exigia bastante trabalho e nos fornecia boas ferramentas para isso. Sua fazenda era grande, mas ele empregava mão de obra suficiente para trabalharmos bem, se comparado com muitos de seus vizinhos. Meu tratamento, enquanto estive a seu serviço, foi celestial, diante do que experimentei nas mãos do senhor Edward Covey.

O senhor Freeland era dono de apenas dois escravizados. Seus nomes eram Henry Harris e John Harris. Os demais eram contratados e consistiam em Sandy Jenkins[11], Handy Caldwell e eu.

Henry e John eram bastante inteligentes, e, pouco depois de eu chegar ali, consegui estimular neles um forte desejo de aprender a ler. Esse desejo logo se desenvolveu nos outros também. Eles rapidamente reuniram alguns velhos livros de ortografia e insistiram em que eu fizesse minha própria escola sabática, dando aulas aos domingos. Concordei em fazê-lo e, portanto, passei a dedicar meus domingos a ensinar esses meus amados irmãos a ler. Quando

11 Esse é o mesmo homem que me deu a raiz para evitar ser açoitado pelo senhor Covey. Ele era "uma alma esperta". Costumávamos, com frequência, conversar sobre a minha luta com Covey e, sempre que o fazíamos, ele atribuía meu sucesso à raiz. Essa superstição é muito comum entre os escravizados mais ignorantes. Um escravizado raramente morre sem ter sua morte atribuída a algum feitiço. (N. do A.)

lá cheguei, nenhum deles conhecia as letras. Alguns dos escravizados das fazendas vizinhas descobriram o que estava se passando e decidiram aproveitar essa pequena oportunidade para aprender a ler. Ficou entendido, entre todos os que vinham, que deveríamos manter o máximo sigilo possível sobre nossas atividades. Era preciso manter nossos piedosos senhores de St. Michael alheios ao fato de que, em vez de passar o domingo brigando, lutando boxe e bebendo uísque, estávamos tentando aprender a ler a vontade de Deus, porque eles prefeririam nos ver envolvidos nessas tarefas degradantes a nos ver comportando-nos como seres inteligentes, morais e responsáveis. Meu sangue ferve quando penso na maneira sangrenta pela qual os senhores Wright Fairbanks e Garrison West, ambos líderes de classe, juntamente com muitos outros, avançaram sobre nós com paus e pedras e destruíram nossa virtuosa escola sabática em St. Michael – todos se dizendo cristãos, humildes seguidores de Nosso Senhor Jesus Cristo! Mas, de novo, estou divagando.

Mantinha minha escola na casa de um homem negro livre, cujo nome julgo imprudente mencionar, pois torná-lo conhecido pode constrangê-lo bastante, embora o crime de manter a escola tenha sido cometido há dez anos. Cheguei a ter mais de quarenta alunos, e do tipo certo, aqueles que desejavam ardentemente aprender. Eram de todas as idades, embora a maioria fosse de homens e mulheres adultos. Lembro-me daqueles domingos com um prazer que não pode ser expresso. Foram grandes dias para a minha alma. O trabalho de instruir meus queridos companheiros escravizados foi o compromisso mais feliz com o qual já fui abençoado. Amávamos uns aos outros, e ter de deixá-los ao final do dia era um suplício. Quando penso que aquelas almas preciosas estão, hoje, encerradas na prisão da escravidão, meus sentimentos me dominam e me é inevitável perguntar: "Será que um Deus justo governa o universo? E para que segura trovões em sua mão direita se não é para ferir o opressor e libertar o espoliado da mão do espoliador?". Essas queridas almas não iam à escola aos domingos

Essas escolas sabáticas (que, apesar do nome, eram aos domingos) daqueles tempos eram uma mistura de alfabetização e catequese. Ser religioso dava ***status* social** aos brancos, que, muitas vezes, frequentavam a igreja e/ou essas aulas só para exibir sua religiosidade para o resto da comunidade.

A Bíblia, no Deuteronômio, 25:1, dá o limite de quarenta chibatadas para uma punição – "quarenta açoites lhe fará dar, não mais; para que, porventura, se lhe fizer dar mais açoites do que estes, teu irmão não fique envilecido aos teus olhos". Então, era praxe estabelecer castigos de no máximo **39 chicotadas**, para nunca se correr o risco de por algum engano na contagem bater mais do que o permitido pela religião.

porque todo o mundo ia, nem eu as ensinei porque isso me garantia fama. A cada momento que passavam naquela escola, eles estavam sujeitos a ser descobertos e receber trinta e nove chicotadas. Lá iam porque queriam aprender. Suas mentes passavam fome por causa de seus senhores cruéis. Eles estavam trancados em uma escuridão mental. Eu os ensinei porque era um prazer para a minha alma fazer algo que pudesse melhorar a condição da minha raça. Mantive minha escola por quase todo o ano em que vivi com o senhor Freeland; além dessa escola aos domingos, dediquei três noites por semana, durante o inverno, a ensinar os escravizados da casa em que vivia. E tenho a felicidade de saber que vários dos que frequentaram aquela escola aprenderam a ler e que pelo menos um agora é livre graças à minha intervenção.

O ano passou tranquilamente. Pareceu durar apenas metade do ano anterior. Eu o atravessei sem levar um único golpe. Darei ao senhor Freeland o crédito de ser o melhor senhor que já tive, até *me tornar senhor de mim mesmo*. Também devo a facilidade com que passei esse ano, no entanto, à convivência com meus companheiros escravizados. Eles eram almas nobres. Não tinham apenas coração amoroso, eram também corajosos. Estávamos ligados e interligados uns aos outros. Eu os amava com um amor mais forte do que qualquer coisa que experimentei desde então. Às vezes dizem que nós, escravizados, não nos amamos nem confiamos uns nos outros. Em resposta a essa afirmação, posso dizer que nunca amei ninguém ou confiei em pessoa alguma mais do que em meus irmãos escravizados, em especial aqueles com quem eu morava na casa do senhor Freeland. Acredito que teríamos morrido uns pelos outros. Nunca nos comprometíamos a fazer nada, de qualquer importância, sem consultar uns aos outros. E nunca nos separávamos. Éramos um, e isso tanto por nossos temperamentos e nossas disposições quanto pelas dificuldades mútuas a que fomos submetidos por nossa condição de escravizados.

No final de 1834, o senhor Freeland voltou a falar com meu senhor e contratar meus serviços para o ano de 1835. Nessa época, porém, comecei a querer viver em *free land* [terras livres], não somente com o *Freeland*; já não me contentava, portanto, em viver com ele ou qualquer outro senhor de escravizados. No início daquele ano, comecei a me preparar para o combate final, que decidiria meu destino de uma forma ou de outra. Minha vontade era ir para o Norte. Eu me aproximava da idade adulta, os anos seguiam se passando, e eu ainda era um escravizado. Fui despertado por esses pensamentos – precisava fazer alguma coisa. Resolvi, portanto, que 1835 não chegaria ao fim sem testemunhar uma tentativa, de minha parte, de garantir a liberdade. Mas não estava disposto a acalentar essa determinação sozinho. Meus companheiros eram queridos para mim. Eu ansiava para que eles participassem comigo dessa determinação vívida. Portanto, embora com grande prudência, comecei a averiguar os pontos de vista e os sentimentos deles relativos à sua condição e a imbuir suas mentes de pensamentos de liberdade. Dediquei-me a desenvolver formas e meios para nossa fuga e, enquanto isso, esforcei-me, em todas as ocasiões apropriadas, para convencê-los da odiosa e desumanizadora fraude da escravidão. Dirigi-me primeiro a Henry, depois a John, depois aos outros. Encontrei, em todos eles, corações calorosos e espíritos nobres. Eles estavam dispostos a ouvir e agir quando um plano viável fosse proposto. Isso era o que eu queria. Disse a eles que seria falta de hombridade se nos submetêssemos à escravidão sem ao menos um nobre esforço para sermos livres. Nós nos encontrávamos com frequência e consultávamos uns aos outros, falando de nossas esperanças e de nossos medos, e das dificuldades, reais e imaginárias, que teríamos de enfrentar. Em certos momentos, ficávamos quase a ponto de desistir da fuga e tentar nos contentar com nossa miserável sorte; em outros, nos mantínhamos firmes e inabaláveis na determinação

O **Canadá** também participou do trabalho de negros escravizados e lucrou com ele, mesmo tendo recebido um número muito menor de pessoas que o restante da América. Mas a referência aqui é porque por lá, já em fins do século XVIII, havia decisões judiciais que, na prática, aboliam a escravidão, e que resultaram em lei promulgada nesse sentido em 1793. Como nos Estados Unidos medida semelhante surgiu apenas em 1865, durante esse intervalo o solo canadense virou um destino comum de fuga e liberdade.

O processo de erradicação da escravatura no estado de **Nova York** começou em 1788, quando foi aprovada a proibição de importação de seres humanos. Uma década depois, foi a vez de uma lei tipo Ventre Livre – os nascidos após o dia 4 de julho daquele ano ganhariam sua liberdade depois dos 25 anos se fossem mulheres ou 28 anos se fossem homens. Tudo isso até que o estado acabasse de vez com a escravidão, em 4 de julho de 1827 – muitos anos antes de a Constituição dos Estados Unidos fazer o mesmo para todo o país, no finalzinho do ano de 1865.

Mesmo depois de a escravidão ter sido abolida no estado de Nova York, uns malandros de lá sequestravam **pessoas negras livres ou fugidas para vendê-las** no Sul ilegalmente.

A **estrela do Norte** é a chamada estrela Polar.

de fugir. Sempre que sugeríamos algum plano, havia certo recuo – as probabilidades eram assustadoras. Nosso caminho era cercado pelos maiores obstáculos e, mesmo que conseguíssemos superá-los, o direito de sermos livres ainda era questionável – sempre estaríamos sujeitos a ser devolvidos à escravidão. Não conseguíamos pensar em nenhum lugar, desse lado do oceano, onde pudéssemos ser livres. Nada sabíamos sobre o Canadá. Nosso conhecimento sobre o Norte não ia além de Nova York, mas ir para lá e ser para sempre atormentado com a terrível possibilidade de ser devolvido à escravidão – com a certeza de ser tratado dez vezes pior do que antes – era um pensamento de fato tenebroso, nada fácil de superar. O caso, por vezes, era este: em cada portão por onde passávamos, víamos um vigia; em cada barco, um guarda; em cada ponte, uma sentinela; e, em cada bosque, uma patrulha. Estávamos cercados por todos os lados. Essas eram as dificuldades, reais ou imaginárias – o bem a ser buscado e o mal a ser evitado. Por um lado, havia a escravidão, dura realidade, olhando assustadoramente para nós – suas vestes avermelhadas pelo sangue de milhões, a se banquetear com avidez de nossa carne. Por outro lado, ao longe, sob a luz bruxuleante da estrela do Norte, atrás de alguma colina escarpada ou uma montanha coberta de neve, havia uma liberdade duvidosa – meio congelada – nos chamando para ir e compartilhar de sua hospitalidade. Isso, por si só, às vezes já era o bastante para nos fazer hesitar; mas, quando nos permitíamos examinar a estrada a ser percorrida, com frequência ficávamos horrorizados. De ambos os lados víamos uma morte sinistra assumindo as formas mais horríveis. Ora era a fome, levando-nos a comer nossa própria carne; ora eram as ondas, contra as quais nos debatíamos e onde nos afogávamos; ora éramos alcançados e despedaçados pelas presas de terríveis cães de caça, ou picados por escorpiões, perseguidos por feras, mordidos por cobras e, por fim, quase chegando ao local desejado – depois de nadar em rios, enfrentar feras, dormir na floresta, sofrer fome e nudez –, éramos surpreendidos por nossos perseguidores e, diante de nossa resistência, mortos a tiros no local! Posso dizer que essas imagens, às vezes, nos chocavam e nos faziam

> "[...] aceitar os males conhecidos,
> em vez de buscar refúgio em outros, ignorados".[12]

Esse **trecho de *Hamlet*** – bem o pedaço que começa com o famoso "ser ou não ser, essa é a questão" – é um texto essencialmente sobre o clássico dilema da tomada de decisões.

Em nossa determinação inabalável de fuga, fizemos mais que Patrick Henry, quando se decidiu pela liberdade ou pela morte. Conosco, tratava-se, no máximo, de uma liberdade duvidosa e, se falhássemos, de morte quase certa. Porém, de minha parte, preferiria a morte à escravidão sem esperança.

Já falamos um pouco do Patrick Henry, lá no começo. Considerado herói da independência dos Estados Unidos e um dos pais fundadores do país, o advogado e político branco Patrick Henry soltou essa frase ("**pela liberdade ou pela morte**") num discurso feito em reunião organizada para discutir a estratégia da então colônia da Virgínia contra o país que a controlava, o Reino Unido.

Sandy, um dos nossos, desistiu da ideia, mas ainda nos encorajou. Nosso grupo consistia, então, de Henry Harris, John Harris, Henry Bailey, Charles Roberts e eu. Henry Bailey era meu tio e pertencia ao meu senhor. Charles se casou com minha tia: pertencia ao sogro do meu senhor, o senhor William Hamilton.

O plano pelo qual nos decidimos era pegar uma grande canoa do senhor Hamilton e, na noite do sábado anterior ao feriado de Páscoa, remar pela baía de Chesapeake. Ao chegarmos à cabeceira da baía, a uma distância entre cento e dez e cento e trinta quilômetros de onde morávamos, pretendíamos virar nossa canoa, deixando-a à deriva, e seguir a orientação da estrela Polar até estarmos fora dos limites de Maryland. Nossa razão para tomar a rota da água era que estaríamos menos propensos a ser vistos como fugitivos, e esperávamos ser vistos como pescadores; já se tomássemos a via terrestre, estaríamos sujeitos a interrupções de quase

A **estrela Polar** é parte da constelação da Ursa Menor, que é vista apenas no hemisfério Norte, sendo historicamente utilizada por viajantes em terra ou no mar para ajudá-los a traçar suas rotas.

12 Citação de *Hamlet*, ato III, cena 1, de William Shakespeare. (N. da T.)

todo tipo. Qualquer um que tenha rosto branco e esteja disposto a isso pode parar qualquer grupo como o nosso e nos submeter a exame.

Na semana anterior à partida, escrevi algumas licenças, uma para cada um de nós. Pelo que lembro, seu conteúdo era o seguinte:

> Certifico que eu, abaixo-assinado, dei ao portador, meu servo, total liberdade para ir a Baltimore passar o feriado de Páscoa. Escrito de próprio punho etc., 1835.
>
> **William Hamilton**,
>
> Perto de St. Michael, no condado de Talbot, Maryland.

Não íamos a Baltimore, mas, ao subir a baía, estaríamos na direção de Baltimore, e essas licenças eram apenas para nos proteger enquanto estivéssemos na baía.

À medida que a hora da partida se aproximava, nossa ansiedade tornava-se cada vez mais intensa. Tratava-se de uma questão de vida ou morte para nós. A força de nossa determinação estava prestes a ser testada. Nesse momento, dediquei-me a explicar todas as dificuldades, tirar todas as dúvidas, dissipar todos os medos e inspirar no grupo, com firmeza indispensável, o sucesso de nossa empreitada, assegurando que metade dela estaria cumprida no instante em que déssemos o primeiro passo. Havíamos conversado o suficiente; agora estávamos prontos para agir – se não fosse naquele momento, não seria nunca e, se não fôssemos agir, seria melhor cruzar os braços, nos sentarmos e nos reconhecermos dignos apenas de ser escravizados, o que nenhum de nós estava preparado para reconhecer. Todos os homens permaneceram firmes e, em nossa última reunião, nos comprometemos, da maneira mais solene, a partir em busca da liberdade na hora marcada. Isso aconteceu no meio da semana ao final da qual fugiríamos. Fomos, como de costume, a nossos locais de trabalho, porém com o peito agitado pelos pensamentos de nosso empreendimento bastante perigoso. Tentamos esconder nossos sentimentos o máximo possível, e acho que conseguimos fazer isso muito bem.

Depois de uma espera aflitiva, chegou a manhã de sábado, cuja noite testemunharia nossa partida. Eu a recebi com alegria, por mais tristezas que também pudesse trazer. A noite de sexta havia sido uma noite sem dormir. É bem provável que eu tenha me sentido mais ansioso que os demais, porque estava, de comum acordo, à frente de toda a empreitada. A responsabilidade do sucesso ou do fracasso pesava sobre mim. A glória de um e a confusão do outro eram igualmente minhas. As primeiras duas horas daquela manhã foram algo que nunca havia experimentado e espero nunca voltar a experimentar. Cedo, fomos, como de costume, ao campo. Estávamos espalhando estrume e, de repente, enquanto nos ocupávamos disso, fui dominado por uma sensação indescritível; tomado por ela, virei-me para Sandy, que estava por perto, e disse: "Fomos traídos!". Ele respondeu: "Bem... esse pensamento me ocorreu agora mesmo". Não dissemos mais nada. Eu nunca havia estado tão certo de algo.

A corneta tocou como de costume, e subimos do campo à casa para o café da manhã. Fui para lá a fim de manter as aparências, mais que por querer qualquer coisa para comer. Assim que cheguei à casa, ao olhar para o portão da estrada, vi quatro homens brancos com dois homens negros. Os brancos estavam a cavalo, os negros iam atrás, como se estivessem amarrados. Eu os observei por alguns momentos, até que chegaram ao portão. Ali eles pararam e amarraram os homens negros ao poste do portão. Eu ainda não tinha certeza do que se passava. Em poucos instantes, entrou o senhor Hamilton, com uma rapidez que indicava grande nervosismo. Ele foi até a porta e perguntou se o senhor William estava em casa. Disseram-lhe que ele estava no celeiro. O senhor Hamilton, sem desmontar, cavalgou até o celeiro com extraordinária velocidade. Em poucos instantes, ele e o senhor Freeland voltaram para a casa. A essa altura, os três policiais montaram novamente e, com grande pressa, avançaram ao encontro do senhor William e do senhor Hamilton, que voltavam do celeiro; então desmontaram, amarraram os cavalos e, depois de conversarem um pouco, foram com eles até a porta da cozinha. Não havia ninguém na cozinha além de mim e John. Henry e Sandy estavam no celeiro. O senhor Freeland enfiou a cabeça pela porta e me chamou pelo nome, dizendo que alguns cavalheiros queriam me ver. Fui até a porta e perguntei o que eles queriam. Imediatamente me agarraram e, sem me dar satisfação alguma, amarraram minhas mãos bem juntas. Insisti em saber qual era o problema. Por fim disseram que tinham sabido que eu havia estado em uma "maquinação" e que deveria ser confrontado com meu senhor; se a informação recebida por eles fosse falsa, eu não seria castigado.

Logo depois, conseguiram amarrar John. Então se voltaram para Henry, que já havia retornado, e ordenaram que ele cruzasse as mãos. "Eu não!", disse Henry, em tom firme, indicando estar pronto para enfrentar as consequências de sua recusa. "Você não?", perguntou o policial Tom Graham. "Não, eu não!", Henry contestou, em tom mais firme ainda. Com isso, dois dos guardas sacaram as pistolas e juraram, por seu Criador, que o fariam cruzar as mãos ou iriam espancá-lo. Engatilharam as pistolas e, com os dedos no gatilho, foram até Henry, dizendo, ao mesmo tempo, que se ele não cruzasse as mãos iriam explodir seu maldito coração. "Atirem, atirem!", Henry gritou. "Vocês só podem me matar uma vez. Atirem, atirem – e que se danem! *Eu não vou ser amarrado!*" Isso foi dito por Henry em tom de desafio, ao mesmo tempo que, com um movimento rápido como um raio, em um único golpe, ele arrancava as pistolas das mãos dos dois policiais. Quando fez isso, todas as mãos caíram sobre ele e, após espancá-lo por um tempo, o dominaram e o amarraram.

Durante a briga, consegui, não sei como, pegar minha licença e, sem ser descoberto, atirá-la ao fogo. Agora estávamos todos amarrados e, no momento em que íamos para a prisão de Easton, Betsy Freeland, mãe de William Freeland, foi até a porta com as mãos cheias de biscoitos e os dividiu entre Henry e John. Ela, então, fez um discurso, dirigindo-se a mim, mais ou menos assim: "Seu demônio! Seu demônio covarde! Foi você que colocou na cabeça de Henry e John essa ideia de fugir. Sem você, seu demônio mulato de pernas compridas, Henry e John nunca teriam pensado em tal coisa". Nada respondi, e fui conduzido na direção de St. Michael. Pouco antes da briga com Henry, o senhor Hamilton sugeriu que seria apropriado fazer uma busca pelas licenças que, segundo ouvira, Frederick havia escrito para si e para os outros. Mas, no momento em que estava prestes a colocar a proposta em prática, sua ajuda foi necessária para amarrar Henry; a excitação trazida pela briga levou-os a se esquecerem disso ou, dadas as circunstâncias, considerarem inseguro nos revistar. Portanto, ainda não estava provada nossa intenção de fugir.

Quando chegamos à metade do caminho para St. Michael, enquanto os policiais que nos conduziam olhavam para a frente, Henry me perguntou o que deveria fazer com sua licença. Disse-lhe para comê-la com seu biscoito e não dizer nada; ele passou a decisão adiante: "Não dizer nada" e "Não dizer nada!", repetimos todos. Nossa confiança uns nos outros seguia inabalável. Estávamos decididos a ser bem-sucedidos ou a fracassar juntos, mesmo depois da calamidade que nos atingira. Estávamos preparados para qualquer coisa. Naquela manhã, fomos praticamente arrastados por vinte e cinco quilômetros atrás de cavalos e, depois, colocados na prisão de Easton. Quando chegamos a St. Michael, passamos por uma espécie de interrogatório. Todos negamos ter a intenção de fugir. Fizemos isso mais para descobrir quais provas teriam contra nós do que por alguma esperança de escaparmos de ser vendidos, pois, como eu disse, estávamos prontos para isso. O fato é que pouco importava para onde iríamos, desde que fôssemos juntos. Nossa maior preocupação era com a separação. Temíamos isso mais que qualquer outra coisa. Descobrimos, então, que a evidência contra nós era o testemunho de uma pessoa, cujo nome nosso senhor não quis revelar, mas, entre nós, chegamos a uma decisão unânime sobre quem seria o informante. Fomos mandados para a prisão de Easton. Lá chegando, fomos entregues ao xerife, o senhor Joseph Graham, e por ele colocados na prisão. Henry, John e eu fomos alojados juntos em uma cela; Charles e Henry Bailey, em outra. O objetivo, ao nos separar, era impedir que combinássemos algo.

Estávamos na cadeia não fazia nem sequer vinte minutos, quando um enxame de negociantes de escravizados e agentes de negociantes de escravizados se reuniram na prisão para nos olhar e verificar se estávamos mesmo à venda. Eu nunca vira seres assim antes! Senti-me cercado por demônios da perdição. Um bando de piratas nunca se pareceria mais com seu pai, o diabo. Eles riam e sorriam para nós, dizendo: "Ah, meus rapazes! Pegamos vocês, não?". E, depois de nos insultar de várias maneiras, eles nos examinaram, um por um, com a intenção de verificar nosso preço. Perguntavam, descaradamente, se não gostaríamos de tê-los como nossos senhores. Nada respondíamos, deixando-os decidir por conta própria a resposta. Então eles praguejavam e nos amaldiçoavam, dizendo que, uma vez em suas mãos, tirariam o diabo do nosso corpo com rapidez.

Na prisão, as celas eram muito mais confortáveis do que esperávamos. Não havia muita comida, e a que havia não era boa, mas tínhamos uma cela boa e limpa, de cujas janelas podíamos ver o que se passava na rua, o que era muito melhor do que se tivéssemos sido colocados em uma cela escura e úmida. No geral, estávamos bem no que diz respeito à prisão e aos carcereiros. Logo depois do fim do feriado, contrariando todas as nossas expectativas, o senhor Hamilton e o senhor Freeland foram a Easton, tiraram Charles, os dois Henrys e John da prisão e os levaram para a fazenda, deixando-me sozinho. Considerei essa separação como definitiva. Isso me causou mais dor que qualquer outra coisa em todo o episódio. Eu estava pronto para qualquer coisa, exceto a separação. Creio que eles devem ter conversado e decidido que, como eu era a razão de os outros quererem fugir, não seria justo fazer os inocentes sofrerem com o culpado; portanto, decidiram levar os outros para casa e me vender, como um aviso para os que ficaram. Em relação ao nobre Henry, devo dizer que ele esteve tão relutante em deixar a prisão quanto em sair da fazenda rumo à cadeia. Mas sabíamos que era bastante provável que seríamos separados se fôssemos vendidos, e, como estava nas mãos daqueles senhores, Henry decidiu ir pacificamente para casa.

Eu havia sido entregue à minha própria sorte. Estava sozinho, entre os muros de pedra de uma prisão. Alguns dias antes, tinha muita esperança. Esperava estar a salvo em uma terra de liberdade, mas, agora, estava coberto de tristeza, afundado no maior desespero. Achei que a possibilidade de liberdade se fora. Permaneci assim por uma semana, ao fim da qual o capitão Auld, meu senhor, para minha surpresa e meu total espanto, apareceu e me levou, com a intenção de me enviar, com um cavalheiro seu conhecido, para o Alabama. Contudo, por uma causa ou outra, ele não me mandou para o Alabama; decidiu me enviar de volta a Baltimore, para morar outra vez com seu irmão Hugh e aprender um ofício.

Assim, após uma ausência de três anos e um mês, tive outra vez permissão para retornar à minha antiga casa em Baltimore. Meu senhor me mandou para lá porque existia, contra mim, um preconceito muito grande na comunidade, e ele temia que eu fosse morto.

Poucas semanas após meu retorno a Baltimore, o senhor Hugh me empregou com o senhor William Gardner, um grande construtor de navios, em Fell's Point. Fui colocado lá para aprender a calafetar. No entanto, aquele provou ser um lugar bastante desfavorável para esse objetivo. Naquela primavera, o senhor Gardner estava empenhado na construção de dois grandes brigues de guerra, supostamente para o governo mexicano. Os navios deveriam ser entregues em julho daquele ano e, em caso de falha, o senhor Gardner perderia uma soma considerável; assim, quando cheguei lá, tudo era urgência.

A comercialização de seres humanos do continente africano para as terras das colônias norte-americanas havia sido proibida em 1808. Acontece, porém, que as plantações de algodão no Sul estavam bombando nessa época e faltava gente para trabalhar. Por isso, nos cinquenta anos seguintes à proibição, houve um comércio gigantesco e violento de escravizados, levando-os de colônias mais acima no mapa para colônias mais ao sul. Nesse período, aliás, a população local de escravizados do estado do **Alabama** saltou de 40 mil para mais de 435 mil.

As embarcações eram feitas de madeiras colocadas uma ao lado da outra, mas era preciso garantir que não houvesse vão algum entre elas nesses pontos de encontro, ou haveria o risco de a água entrar ali e afundar o barço. Para contornar o problema, o pessoal pegava estopa, lambuzava aquilo em alcatrão e colocava o tecido já todo grudento nos buracos e fendas do madeirame, garantindo assim a possibilidade de a embarcação boiar sem problemas. Esse trabalho era a **calafetação**.

Os **brigues** eram navios de dois mastros com velas quadradas, usados tanto para comércio quanto para guerras. Foram muito utilizados pelos Estados Unidos nos combates contra os britânicos.

Não havia tempo para aprender nada. Cada homem fazia o que sabia. Ao entrar no estaleiro, o senhor Gardner me ordenou fazer o que os carpinteiros me mandassem. Isso me colocava à disposição de setenta e cinco homens. Eu devia considerar todos eles como meus senhores. A palavra de cada um era minha lei. Minha situação era bastante difícil. Às vezes, eu precisava de uma dúzia de pares de mãos, pois era chamado uma dúzia de vezes no período de um minuto. Três ou quatro vozes me chamavam ao mesmo tempo. Era: "Fred, venha me ajudar a chanfrar esta madeira"; "Fred, leve esta madeira para lá"; "Fred, traga essa roldana para cá"; "Fred, vá buscar água fresca"; "Fred, venha ajudar a cortar a ponta desta madeira"; "Fred, ande rápido e pegue o pé de cabra"; "Fred, segure a ponta desta ripa"; "Fred, vá até o ferreiro e traga a furadeira"; "Ei, Fred! Corra e me traga uma talhadeira"; "Fred, acenda o fogo naquela caldeira tão rápido quanto um raio"; "Ei, negro! Venha e gire esse rebolo"; "Venha, venha! Mexa-se e incline esta madeira para a frente"; "Ei, *nigger*, seu maldito, por que você não esquenta um pouco de piche?"; "Olá! Olá! Olá!" (Três vozes ao mesmo tempo.) "Venha cá! Vá para lá! Fique onde está! Maldito seja, se você se mexer, vou estourar seus miolos!".

Essa foi minha escola por oito meses, e eu teria permanecido lá por mais tempo, não fosse uma briga horrível que tive com quatro dos aprendizes brancos, na qual meu olho esquerdo quase foi arrancado e fiquei bastante machucado em outros pontos. Os fatos foram os seguintes: até pouco tempo depois de eu chegar lá, carpinteiros brancos e negros trabalhavam lado a lado, e ninguém parecia ver nisso alguma impropriedade. Todas as mãos pareciam estar bem satisfeitas. Muitos dos carpinteiros negros eram homens livres. As coisas pareciam estar indo bem, mas, de repente, os carpinteiros brancos disseram que não trabalhariam com negros livres. A razão para isso, como alegado, era que, se os negros livres fossem incentivados na carpintaria, logo dominariam o mercado, e os homens brancos pobres ficariam sem trabalho. Portanto, eles sentiam-se impelidos a acabar com aquilo imediatamente. E, aproveitando as necessidades do senhor Gardner, pararam o serviço, jurando que não trabalhariam mais, a menos que os carpinteiros negros fossem dispensados. Embora, na teoria, isso não se estendesse a mim, na prática a situação acabou me alcançando. Meus colegas aprendizes logo começaram a sentir que era degradante trabalhar comigo. Começaram a tomar ares de importância e falar sobre os "*niggers*" tomando o país, dizendo que todos nós deveríamos ser mortos; encorajados pelos outros, começaram a dificultar minha vida tanto quanto podiam, me intimidando e, às vezes, me batendo. Eu, é lógico, mantive a promessa que fiz após a briga com o senhor Covey e revidei, não me importando com as consequências; enquanto os impedi de se juntar, consegui enfrentá-los muito bem, pois podia lidar com todos eles, um a um. No entanto, eles acabaram por se unir e vieram até mim armados com paus, pedras e pesadas manivelas. Um veio pela frente com meio tijolo. Havia um de cada lado e um atrás de mim. Enquanto cuidava dos que estavam à frente e dos lados, o que se encontrava atrás correu com a manivela e me deu um golpe forte na cabeça. Isso me deixou tonto. Eu caí e, então, todos correram para cima de mim e começaram a me bater com os punhos. Eu os deixei seguir por um tempo, enquanto descansava e ganhava força. Em certo instante, dei um impulso repentino e me levantei sobre as mãos e os joelhos. Assim que fiz isso, um deles chutou com tudo meu olho esquerdo, com sua bota pesada. Tive a sensação de que o globo ocular havia estourado. Quando viram meu olho fechado e muito inchado, me deixaram. Então, agarrei a manivela e, por um tempo, eu os persegui. Porém, nesse momento, os carpinteiros interferiram, e achei melhor desistir. Era impossível resistir a tantos. Tudo isso aconteceu diante de nada menos que cinquenta carpinteiros brancos, e nenhum deles contrapôs uma única palavra amiga; ao contrário, alguns gritaram: "Matem esse maldito *nigger*! Matem! Matem! Ele atacou um branco". Descobri que minha única possibilidade de continuar vivo era sair dali. Consegui escapar sem mais nenhum golpe, mas por muito pouco; golpear um homem branco significa a morte

Durante a Guerra de Secessão, um fazendeiro da Virgínia chamado Charles **Lynch** se deu o direito de organizar julgamentos improvisados, rápidos e totalmente ilegais para punir quem estava do outro lado da peleja. A ideia estapafúrdia ganhou então o sobrenome dele e foi de lá pra cá largamente utilizada para controlar negros e gente branca que os ajudasse. Só entre 1882 e 1968, foram registrados quase 5 mil linchamentos nos Estados Unidos – fora os que rolaram sem que ninguém anotasse os dados daquilo. O estado campeão na triste modalidade foi o Mississípi, seguido de perto pela Geórgia e depois pelo Texas. Mas, na real, apenas sete dentre os cinquenta estados do país não tiveram nada assim nos anais da história.

Só lembrando aqui que essa ideia antiga de cobrir contusões e feridas com **carne fresca** é péssima, pois a carne pode estar cheia de bactérias e causar uma grande infecção. O cientificamente comprovado é aplicar gelo ou alguma coisa gelada, e mesmo assim com a ajuda de uma toalha, para que o frio não queime a pele da pessoa machucada.

por linchamento – e essa era a lei no estaleiro do senhor Gardner, bem como em qualquer outro lugar fora dali.

Fui direto para casa e contei a história toda ao senhor Hugh; fico feliz em dizer que ele, por mais que não tivesse religião, teve a conduta de um santo, quando comparada à de seu irmão Thomas em circunstâncias semelhantes. Ele ouviu atentamente a narração que fiz das circunstâncias que levaram àquele ultraje selvagem e deu muitas provas de sua forte indignação com tudo aquilo. O coração de minha senhora, outrora bondosa, foi outra vez derretido pela piedade. Meu olho inchado e meu rosto coberto de sangue a levaram às lágrimas. Ela sentou-se em uma cadeira ao meu lado, lavou o sangue do meu rosto e, com a ternura de uma mãe, enfaixou minha cabeça, cobrindo o olho ferido com um pedaço fino de carne fresca. Foi quase uma compensação para o meu sofrimento testemunhar, mais uma vez, uma manifestação de bondade dessa minha senhora, antes tão afetuosa. O senhor Hugh ficou muito enfurecido. Ele deu expressão aos seus sentimentos despejando maldições dirigidas aos que fizeram aquilo. Assim que me recuperei um pouco dos ferimentos, ele me levou ao senhor Watson, na Bond Street, para ver o que poderia ser feito sobre o assunto. O senhor Watson perguntou quem tinha visto o ataque ser cometido. O senhor Hugh lhe disse que tudo havia ocorrido no estaleiro do senhor Gardner, ao meio-dia, onde havia uma grande quantidade de homens trabalhando. Quanto a isso, ele comentou, o ataque havia realmente acontecido, e não havia dúvida de quem eram os responsáveis. A resposta do senhor Watson foi que ele não poderia fazer nada a respeito, a menos que algum homem branco se apresentasse e testemunhasse. Ele não podia emitir nenhum mandado com base na minha palavra. Se eu tivesse sido morto na presença de mil pessoas negras, seus depoimentos combinados seriam insuficientes para prender um dos assassinos. O senhor Hugh, nesse momento, foi obrigado a dizer que esse estado de coisas era muito ruim. Lógico, era impossível conseguir que qualquer homem branco prestasse seu testemunho a meu favor, contra os jovens brancos. Mesmo os que pudessem ter simpatizado comigo não estavam preparados para fazer isso. Era necessário um grau de coragem que lhes era desconhecido, pois naquela época a menor manifestação de humanidade em relação a uma pessoa negra era denunciada como abolicionismo, e essa acusação sujeitava seu portador a perigos assustadores. As palavras de ordem dos sanguinários naquela região e naqueles dias eram: "Malditos sejam os abolicionistas!" e "Malditos sejam os *niggers*!". Nada foi feito e nada teria sido feito se eu tivesse morrido. Tal era, e segue sendo, o estado de coisas na cidade cristã de Baltimore.

O senhor Hugh, descobrindo que não conseguiria reparação, recusou-se a me deixar voltar para o senhor Gardner. Ele me manteve em sua companhia, e sua esposa cuidou dos meus ferimentos até que eu recuperasse a saúde. Ele então me levou para o estaleiro pelo qual era o responsável, a serviço do senhor Walter Price. Lá fui posto a calafetar e logo aprendi a arte de usar a marreta e os ferros. Em um ano, desde que deixara a casa do senhor Gardner, consegui receber os salários mais altos dados aos calafetadores mais experientes. Eu era, então, de alguma importância para meu senhor. Estava levando para ele de seis a sete dólares por semana. Às vezes levava nove dólares numa semana: meu salário era de um dólar e meio por dia. Depois de aprender a calafetar, procurei eu mesmo um serviço, fiz meus próprios contratos e recolhi o dinheiro que ganhava. Meu caminho tornou-se muito mais suave que antes, minha condição era bem mais confortável. Quando não havia calafetagem para fazer, eu não fazia nada. Durante esses momentos de lazer, as velhas noções de liberdade voltaram a me seduzir. No trabalho com o senhor Gardner, eu era mantido num turbilhão perpétuo de excitação, não conseguia pensar em nada, apenas em minha vida; e, pensando em minha vida, quase esqueci minha liberdade. Observei o seguinte em minha trajetória na escravidão: sempre que minha condição melhorava, em vez de isso me deixar mais satisfeito, apenas aumentava meu desejo de ser livre e me fazia pensar em planos para ganhar a liberdade. Descobri que, para ter um escravizado satisfeito, é necessário mantê-lo sem refletir. É necessário obscurecer sua visão moral e mental e, na medida do possível, aniquilar o poder da razão. Ele não deve ser capaz de detectar nenhuma inconsistência na escravidão; deve ser levado a sentir que a escravidão é correta; e só é levado a isso quando sua humanidade é perdida.

Eu estava recebendo, como disse, um dólar e cinquenta centavos por dia. Trabalhava, e o pagamento pelo meu trabalho era feito a mim, por direito meu; no entanto, ao voltar para casa todo sábado à noite, era obrigado a entregar cada centavo daquele dinheiro ao senhor Hugh. E por quê? Não porque ele merecesse, não porque tivesse feito algo para ganhá-lo, não porque eu devesse isso a ele, nem porque ele tivesse a menor sombra de direito a isso; mas porque ele tinha o poder de me obrigar a entregar o dinheiro. O direito do pirata saqueador em alto-mar é exatamente o mesmo.

XI

CHEGO, AGORA, ÀQUELA PARTE DA MINHA VIDA em que planejei e, finalmente, consegui escapar da escravidão. Mas, antes de narrar qualquer circunstância referente ao ocorrido, julgo apropriado tornar conhecida minha intenção de não expor todos os fatos relacionados ao evento. Minhas razões para agir dessa maneira podem ser compreendidas da seguinte forma: primeiro, se fizesse uma descrição minuciosa de todos os fatos, não só seria possível, mas bastante provável, que outras pessoas se vissem envolvidas nas dificuldades mais embaraçosas; segundo, tal descrição induziria a maior vigilância, por parte dos senhores de escravizados, do que aquela já existente até agora entre eles, o que, é evidente, seria um meio de vigiar a porta pela qual algum querido irmão escravizado poderia escapar de suas correntes humilhantes. Lamento de modo profundo a necessidade que me impele a suprimir qualquer fato importante ligado à minha experiência na escravidão. Seria um enorme prazer, além de aumentar materialmente o interesse de minha narrativa, se eu tivesse a liberdade de satisfazer a curiosidade, que sei existir na mente de muitos, por uma descrição precisa de todos os fatos relativos à minha afortunada fuga. Mas devo privar-me desse prazer e privar os curiosos da gratificação que essa revelação proporcionaria. Prefiro sofrer as maiores calúnias que homens mal-intencionados possam vir a pronunciar, a ter de me explicar e, assim, correr o risco de fechar a menor via pela qual um irmão escravizado pode se livrar das correntes e dos grilhões da escravidão.

Em inglês, as **rotas secretas** utilizadas pelos negros escravizados em fuga para locais onde já não havia mais escravidão, como o Canadá e alguns estados do Norte dos Estados Unidos, são chamadas de *underground railroads* – literalmente, "ferrovias subterrâneas". Em português, a tradução varia; há quem use, por exemplo, a expressão "caminhos da liberdade".

Nunca aprovei a maneira pública como alguns de nossos amigos do Oeste têm lidado com o que chamam de *rotas clandestinas*, pois acho que, por suas declarações abertas, estão mais para *rotas célebres*. Honro esses bons homens e mulheres por sua nobre ousadia e os aplaudo por se sujeitarem, voluntariamente, a uma perseguição sangrenta, declarando de modo franco sua participação na fuga dos escravizados. No entanto, pouco vejo de bom resultado em tal procedimento, seja para eles mesmos, seja para os escravizados em fuga, enquanto tenho certeza de que essas declarações feitas abertamente são um mal para os escravizados que ainda procuram escapar. Essa forma de agir nada faz para auxiliar o escravizado, mas faz muito para alertar o senhor, estimulando-o a maior vigilância, aumentando seu poder de captura. Devemos algo aos escravizados do Sul, tanto quanto aos que estão no Norte, e, ao ajudar os últimos em seu caminho para a liberdade, devemos ter o cuidado de não fazer nada que possa impedir os primeiros de escapar da escravidão. Eu manteria o impiedoso senhor de escravizados ignorante sobre os meios de fuga adotados pelo escravizado. Eu o deixaria se imaginar cercado por miríades de algozes invisíveis, sempre prontos para arrebatar de suas garras infernais a presa trêmula. Deixem que tateie no escuro, deixem a escuridão característica de seu crime pairar sobre ele e deixem que sinta, a cada passo dado na perseguição ao servo em fuga, que ele está correndo o risco assustador de ter seus miolos estourados por um agente invisível. Não prestemos ajuda ao tirano, não seguremos a luz pela qual ele possa traçar as pegadas de nosso irmão fugitivo. Mas chega disso. Passo agora à exposição dos fatos relacionados à minha fuga, pelos quais sou o único responsável e pelos quais ninguém pode sofrer além de mim.

No início de 1838, estive bastante inquieto. Não via razão para, ao final de cada semana, despejar a remuneração do meu trabalho na bolsa de meu senhor. Quando lhe levava meu salário semanal, ele, após contar o dinheiro, olhava-me com a ferocidade de um ladrão e perguntava: "Isto é tudo?". Não ficava satisfeito até pegar o último centavo. No entanto, quando eu ganhava seis dólares, às vezes ele me dava seis centavos, como incentivo. Isso tinha efeito contrário. Eu considerava essa atitude como uma espécie de admissão do meu direito ao todo. O fato de ele me dar qualquer parte do meu rendimento era prova, a meu ver, de sua crença em meu direito ao todo. Sempre me sentia pior por ter recebido alguma coisa, pois eu temia que me dar alguns centavos aliviaria sua consciência e o faria se sentir um ladrão bastante honrado. O descontentamento só crescia em mim. Estava sempre à procura de maneiras de fugir e, não encontrando meios diretos, decidi empregar meu tempo em conseguir dinheiro para fugir. Na primavera de 1838, quando o senhor Thomas foi a Baltimore comprar os produtos da estação, tive uma oportunidade e solicitei-lhe permissão para alugar meu próprio tempo livre. Ele recusou meu pedido sem hesitação, dizendo que aquilo era outro estratagema para escapar, que eu não poderia ir a lugar algum em que ele não pudesse me pegar e que, no caso de eu fugir, ele não pouparia esforços para me recapturar. Tentou convencer-me a me contentar com o que eu tinha e ser obediente, e que, para ser feliz, eu não deveria traçar planos para o futuro. Disse que, se eu me comportasse de maneira correta, cuidaria de mim. Na verdade, ele me aconselhou a não pensar de jeito nenhum no futuro e me ensinou a depender exclusivamente dele para a felicidade. Ele parecia ver a necessidade premente de colocar de lado minha natureza intelectual, a fim de que eu me contentasse com a escravidão. Mas, apesar dele, e apesar de mim mesmo, continuei a pensar e a pensar na injustiça da minha escravização e nos meios de fuga.

Dois meses depois, solicitei ao senhor Hugh o privilégio de alugar meu próprio tempo. Ele não sabia que eu já solicitara a mesma coisa ao senhor Thomas e que minha proposta havia sido recusada. A princípio, ele parecia inclinado a recusá-la, mas, depois de alguma reflexão, me concedeu o privilégio, com os seguintes termos: eu teria todo o meu tempo disponível, faria todos os contratos com aqueles para quem fosse trabalhar e procuraria meus próprios trabalhos; em troca dessa liberdade, deveria pagar-lhe três dólares ao final de cada semana e ser responsável por minhas próprias roupas, comida e ferramentas. Minha alimentação custava dois dólares e cinquenta centavos por semana. Isso, mais o desgaste das roupas e das ferramentas de calafetagem e minhas despesas regulares, ficava em torno de seis dólares por semana. Era obrigado a conseguir essa quantia ou abdicar do privilégio de empregar meu próprio tempo. Fizesse chuva ou sol, tivesse trabalho ou não, ao final de cada semana precisava entregar esse dinheiro, ou desistir do meu privilégio. Esse arranjo, como se perceberá, foi favorável ao meu senhor. Isso o aliviou de toda a necessidade de se ocupar de mim, e seu dinheiro era garantido. Ele tinha todas as vantagens da escravidão, sem as desvantagens, enquanto eu suportava todos os males de um escravizado com a preocupação e a ansiedade de um homem livre. Pareceu-me uma negociação difícil; porém, por mais difícil que fosse, achei aquilo melhor do que seguir do jeito antigo. Poder assumir as responsabilidades de um homem livre era um passo em direção à liberdade, e eu estava determinado a dar esse passo. Dediquei-me a ganhar dinheiro. Estava pronto para trabalhar tanto à noite quanto durante o dia e, com a perseverança e a diligência mais incansáveis, ganhava o suficiente para cobrir minhas despesas e juntar um pouco de dinheiro todas as semanas. Segui dessa forma de maio a agosto, quando o senhor Hugh voltou atrás em nosso acordo, porque, em uma noite de sábado, não consegui pagar a ele pelo meu tempo da semana. Esse fracasso foi ocasionado por minha participação em uma reunião campal a aproximadamente dezesseis quilômetros de Baltimore. Durante a semana, havia combinado, com vários jovens amigos, partir de Baltimore para o acampamento no início da noite de sábado; detido por meu empregador, não consegui ir até a casa do senhor Hugh sem desapontar meus companheiros. Sabia que o senhor Hugh não precisaria do dinheiro naquela noite. Portanto, decidi ir à reunião e pagar a ele os três dólares ao voltar. Permaneci na reunião um dia a mais do que pretendia quando parti. Mas, assim que voltei, chamei-o para lhe pagar o que ele considerava justo. Encontrei-o muito irritado; ele mal podia conter a ira. Disse que pensava em me chicotear severamente e quis saber como eu havia ousado sair da cidade sem pedir sua permissão. Respondi-lhe que havia alugado meu tempo e, como lhe pagava o preço combinado, não sabia que ainda devia pedir-lhe permissão para onde e quando ir. Essa resposta o perturbou e, depois de refletir por alguns momentos, ele se voltou para mim e disse que eu já não tinha permissão para alugar meu tempo, porque, daquela forma, a próxima informação que lhe chegaria seria a da minha fuga. Ele ainda me disse para trazer minhas ferramentas e roupas para casa imediatamente. Fiz isso, mas, em vez de procurar trabalho como costumava fazer antes do nosso combinado, passei a semana inteira sem realizar um único serviço. Agi assim em retaliação. No sábado à noite, ele me visitou como de costume para pedir o rendimento da semana. Eu lhe disse que não tinha rendimento, pois não havia feito nenhum trabalho naquela semana. Estivemos a ponto de partir para o confronto físico. Ele ficou alucinado e jurou que iria me bater. Não me permiti uma única palavra, mas estava decidido: se ele colocasse o peso de sua mão em mim, seria golpe contra golpe. Ele não me bateu, mas disse que eu deveria estar constantemente empregado a partir dali. Refleti sobre o assunto no dia seguinte, domingo, e por fim decidi que o terceiro dia de setembro seria o de uma segunda tentativa para garantir minha liberdade. Eu tinha, então, três semanas para me preparar para a viagem. Na manhã de segunda-feira, bem cedo, antes que o senhor Hugh tivesse tempo de pensar em algo, saí e consegui trabalho com o senhor Butler, em seu estaleiro perto da ponte levadiça, na área que é chamada de City Block, tornando, assim, desnecessário que ele fosse atrás de um serviço para mim. No final da semana, entreguei-lhe entre oito e nove dólares. Ele parecia muito satisfeito e perguntou por que eu não havia feito igual na semana anterior. Ele mal sabia quais eram meus planos. Meu objetivo, ao trabalhar com tanta firmeza, era eliminar qualquer suspeita que ele pudesse ter sobre minha intenção de fugir; consegui fazer isso admiravelmente. Suponho que, para ele, eu nunca estive mais satisfeito com minha condição do que no momento em que planejava minha fuga. A segunda semana se passou e, de novo, levei-lhe meu rendimento integral; ele ficou tão contente que me deu vinte e cinco centavos (quantia bastante grande para um senhor de escravizados dar a um escravizado) e me pediu para fazer bom uso do dinheiro. Disse-lhe que faria.

As coisas seguiam com tranquilidade por fora, mas por dentro eu estava inquieto. É impossível descrever meus sentimentos à medida que o momento da minha fuga se aproximava. Eu tinha vários bons amigos em Baltimore – amigos que amava quase como amava minha própria vida –, e a ideia de me separar deles para sempre era muito dolorosa. Acredito que milhares escapariam da escravidão se não fossem os fortes laços de afeto que os uniam aos amigos. A ideia de deixar meus amigos era a mais dolorida, com a qual eu precisava lutar. O amor por eles era meu ponto fraco e abalava minha decisão mais que qualquer outra coisa. Além da dor da separação, o pavor e a apreensão de um fracasso superavam o que eu havia experimentado na primeira tentativa. A terrível derrota que então sofrera voltou a me atormentar. Tive a certeza de que, se fracassasse nessa nova tentativa, meu caso seria sem esperança: selaria meu destino como escravizado para sempre. Não podia esperar nada menos que a punição mais severa, além de ser colocado em uma situação sem possibilidade de fuga. Não necessitava de grande imaginação para pensar nas cenas mais assustadoras pelas quais eu passaria caso falhasse. A miséria da escravidão e a bem-aventurança da liberdade estavam diante de mim. Tratava-se de uma questão de vida ou morte. Mas permaneci firme e, conforme havia planejado, no terceiro dia de setembro de 1838, livrei-me de minhas correntes e consegui chegar a Nova

York, sem a menor interrupção, de nenhum tipo. Como fiz isso – que meios adotei, para que direção viajei e por qual meio de transporte – devo deixar sem explicação, pelas razões já mencionadas.

Com frequência me perguntam como me senti quando cheguei a um território livre. Nunca fui capaz de responder a essa pergunta de modo a me sentir satisfeito. Esse foi o momento da maior emoção que já experimentei. Suponho que me senti como um marinheiro desarmado deve se sentir quando resgatado da perseguição de um pirata por um navio de guerra amigo. Ao escrever para um querido amigo, logo após minha chegada a Nova York, disse que me sentia como alguém que havia acabado de escapar de uma cova de leões famintos. Esse estado de espírito, no entanto, logo se dissipou; fui de novo tomado por um sentimento de grande insegurança e solidão. E ainda estava sujeito a ser levado de volta e submetido a todas as torturas da escravidão. Isso, por si só, já era suficiente para arrefecer o ardor do meu entusiasmo. E a solidão me dominava. Lá estava eu em meio a milhares de pessoas, e, ainda assim, um perfeito estranho, sem casa e sem amigos, entre milhares de meus próprios irmãos – filhos de um mesmo Pai e sem ousar revelar a nenhum deles minha triste condição. Tinha medo de falar com qualquer pessoa, de falar com a pessoa errada e, dessa forma, cair nas mãos de sequestradores gananciosos, cujo negócio é ficar à espreita do fugitivo ofegante, como as feras da floresta à espera das presas. O lema que adotei quando escapei da escravidão foi: "Não confie em ninguém!". Via em todo homem branco um inimigo e em quase todo homem negro um motivo de desconfiança. Era uma situação muito dolorosa. Para compreendê-la é preciso experimentá-la, ou imaginar-se em circunstâncias semelhantes. Imagine-se um escravizado em fuga, em uma terra estranha – terra cedida para ser o campo de caça de senhores de escravizados –, cujos habitantes são sequestradores legalizados, onde se está a todo momento sujeito ao terrível risco de ser apreendido por seus semelhantes, da mesma maneira que o crocodilo se apodera de sua presa! Imagine se colocar

De novo uma referência ao caso do Daniel da Bíblia, que, graças ao Deus dele, **sai são e salvo** depois de passar sete dias preso a mando do rei num **lugar cheio de leões famintos.**

Arrefecer > esfriar.

na minha situação: sem casa ou amigos; sem dinheiro ou crédito; necessitando de abrigo, mas sem ninguém para ofertá-lo; necessitando de pão, mas sem dinheiro para comprá-lo; ao mesmo tempo, perseguido por caçadores de homens impiedosos, sem saber o que fazer, para onde ir ou onde ficar; desamparado tanto em relação aos meios de defesa quanto aos meios de fuga; diante da fartura, mas sofrendo a terrível dor da fome; entre casas, mas sem lar; entre seres humanos, mas sentindo-se em meio a animais selvagens, cuja ganância de engolir o trêmulo e esfomeado fugitivo só se iguala à dos monstros das profundezas quando engolem os peixes indefesos dos quais subsistem – coloque-se nessa situação extremamente difícil (situação em que fui colocado), então, e apenas então, conhecerá essas dificuldades e poderá simpatizar com o escravizado fugitivo, exausto pelo trabalho e marcado pelo chicote.

Graças a Deus, permaneci pouco tempo nessa situação angustiante. Fui socorrido pelas mãos do senhor David Ruggles, cuja vigilância, bondade e perseverança jamais esquecerei. Fico feliz pela oportunidade de expressar, tanto quanto as palavras podem fazê-lo, o amor e a gratidão que tenho por ele. O senhor Ruggles está, agora, afligido pela cegueira, e precisa dos cuidados bondosos que tão prontamente oferecia. Eu estava em Nova York havia poucos dias quando o senhor Ruggles me procurou e, muito gentil, me levou para sua pensão na esquina das ruas Church e Lespenard. Ele estava, então, engajado no memorável caso Darg e cuidava de vários outros escravizados fugitivos, provendo meios para que as fugas fossem bem-sucedidas. Embora vigiado e cercado por quase todos os lados, ele parecia à altura de lidar com os inimigos.

Logo depois do nosso encontro, o senhor Ruggles quis saber para onde eu desejava ir, pois

Negro nascido livre em Connecticut, **David Ruggles** chegou a Nova York aos 17 anos, em 1827. Pois dizem que por lá ele ajudou pelo menos seiscentos fugitivos da escravatura, além de ter aberto uma livraria abolicionista – destruída por brancos contrários à abolição – e de participar da fundação do Comitê de Vigilância de Nova York, que foi uma tentativa de conter os sequestros e outros abusos cometidos por caçadores de escravizados fugidos que agiam na cidade.

O escravocrata **John P. Darg** saiu da Virgínia para Nova York, trazendo o escravizado Thomas Hughes como sua propriedade. Hughes, ciente de que ali a abolição já era realidade, bateu à porta do Ruggles pedindo ajuda, no que foi atendido. Acontece que Hughes havia roubado uma certa quantia expressiva do seu proprietário e já nem tinha mais o total do dinheiro. Então, apesar de Ruggles ter tentado negociar, a coisa toda se complicou, com o abolicionista tendo até ficado uns dias atrás das grades. Contam que ele saiu da prisão com a saúde tão abalada que o episódio foi decisivo para a sua morte prematura, em 1849, aos 39 anos.

não considerava segura minha permanência em Nova York. Contei-lhe que era calafetador e gostaria de ir para onde conseguisse trabalhar. Pensei em ir para o Canadá, mas ele não concordou; achou melhor que eu fosse para New Bedford, por acreditar que lá eu conseguiria trabalho em minha ocupação. Nesse momento, Anna[13], minha futura esposa, chegou, pois lhe escrevi assim que cheguei a Nova York (apesar de estar sem lar, sem teto e em desamparo), informando-a de minha fuga bem-sucedida e pedindo que ela viesse imediatamente. Poucos dias após sua chegada, o senhor Ruggles chamou o reverendo J. W. C. Pennington, que, na presença do senhor Ruggles, da senhora Michaels e de dois ou três outros, realizou nossa cerimônia de casamento e nos deu um certificado, cujo texto, aqui adiante, constitui uma cópia exata:

> Certifico que uni, no sagrado matrimônio, Frederick Johnson[14] e Anna Murray, como marido e mulher, na presença do senhor David Ruggles e da senhora Michaels.
>
> **James W. C. Pennington**
>
> Nova York, 15 de setembro de 1838.

Ao receber o certificado e uma nota de cinco dólares do senhor Ruggles, coloquei no ombro uma parte de nossa bagagem, Anna pegou a outra, e partimos de imediato, com o intuito de embarcar no vapor *John W. Richmond* para Newport, iniciando nossa jornada rumo a New Bedford. O senhor Ruggles entregou-me uma carta endereçada a um certo senhor Shaw, de Newport, e disse-me que, caso meu dinheiro não fosse suficiente para chegar a New Bedford, parasse em Newport a fim de obter mais assistência. Porém, já em

Os pais da **Anna Murray** haviam sido alforriados um mês antes do nascimento da menina, que, por isso, foi sempre livre. Na adolescência, trabalhando como lavadeira, ela conheceu Douglass e foi peça fundamental para a empreitada de fuga dele.

Aos 19 anos, James Pembroke fugiu da escravidão, de uma fazenda em Maryland, rumo ao Norte dos Estados Unidos. Ele se estabeleceu no Brooklyn, em Nova York, sob o nome de **James William Charles Pennington**. Foi por essa mesma época que por fim começou a aprender a ler e escrever, evoluindo rapidamente a ponto de virar professor de uma escola para crianças negras em apenas cinco anos. Ao mesmo tempo, J. W. C. se integrou à vida cristã, foi o primeiro negro a estudar na Universidade de Yale e se tornou pastor. Pennington também escreveu livros sobre sua trajetória e atuou com empenho nas causas da abolição e da livre circulação dos negros livres.

13 Ela era livre. (N. do A.)

14 Havia mudado meu nome de Frederick Bailey para Johnson. (N. do A.)

Newport, estávamos tão ansiosos por chegar a um lugar seguro, que, apesar de não termos o dinheiro necessário para a passagem, decidimos tomar lugar numa diligência, prometendo pagar quando chegássemos a New Bedford. Fomos encorajados a fazer isso por dois excelentes cavalheiros, moradores de New Bedford, cujos nomes depois descobri serem Joseph Ricketson e William C. Taber. Eles pareceram entender de imediato nossa situação e nos deram tanta certeza de sua simpatia que nos deixaram à vontade em sua presença.

Nathan e Mary Johnson eram proprietários de uma confeitaria e de outros negócios em New Bedford. Tinham vida confortável e prestígio social, mantendo atividades de participação política e colaboração com o movimento abolicionista em diversas frentes. Uma dessas contribuições era dar abrigo em suas propriedades aos negros que escapavam do Sul.

Foi de fato muito bom encontrar esses amigos naquele momento. Ao chegarmos a New Bedford, indicaram-nos a casa do senhor Nathan Johnson, por quem fomos gentil e hospitaleiramente recebidos e atendidos. Tanto o senhor quanto a senhora Johnson tiveram profundo e vivo interesse por nosso bem-estar. Eles provaram ser bastante dignos do título de abolicionistas. Quando o condutor nos viu impossibilitados de pagar a passagem, segurou nossa bagagem como garantia da dívida. Precisei apenas mencionar o fato ao senhor Johnson, e ele logo me ofereceu o dinheiro.

Começamos, então, a sentir certo grau de segurança e a nos preparar para os deveres e as responsabilidades da vida em liberdade. Na manhã seguinte à nossa chegada a New Bedford, ainda à mesa do café da manhã, surgiu a questão de por qual nome eu deveria ser chamado. O nome que minha mãe me dera era Frederick Augustus Washington Bailey. No entanto, eu havia dispensado os dois nomes do meio muito antes de deixar Maryland, de modo que era conhecido como Frederick Bailey. Em Baltimore, comecei a usar o nome Stanley. Quando cheguei a Nova York, mudei de novo meu nome para Frederick Johnson, e achei que essa seria a última mudança. Mas, em New Bedford, pensei ser necessário mudar de nome outra vez. A razão era que havia muitos Johnson em New Bedford e já era bastante difícil distingui-los. Dei ao senhor Johnson o privilégio de escolher um novo nome para mim, mas o alertei de que não deveria me tirar o Frederick. Precisava me apegar a isso, a fim de preservar certo senso de identidade. O senhor Johnson estava lendo *A dama do lago* e sugeriu Douglass. Desde então tenho sido chamado de Frederick Douglass e, como sou mais conhecido por esse nome do que por qualquer um dos outros, continuarei a usá-lo como meu.

A dama do lago é um longo poema do autor escocês Walter Scott. Trata-se de uma obra famosa, que conta a história ficcional da heroína Ellen, da família Douglas, um clã muito antigo e tradicional na Escócia. O nome do clã significa "água" (*glas*) "escura" (*doug*) na língua celta.

De modo geral, fiquei bastante desapontado ao ver como andavam as coisas em New Bedford. Pareceu-me errônea a impressão que tivera em relação ao caráter e à condição de vida das pessoas do Norte. Enquanto era um escravizado, supunha que poucos dos confortos e quase nenhum dos luxos da vida eram desfrutados no Norte em comparação com o que era desfrutado pelos senhores de escravizados do Sul. É provável que tivesse chegado a essa conclusão pelo fato de as pessoas do Norte não possuírem cativos. Supus estarem no mesmo patamar da população não escravagista do Sul. Sabia que *essas* pessoas eram muito pobres e estava acostumado a considerar sua pobreza como consequência necessária de não terem cativos. Eu havia assimilado a opinião de que, na ausência de escravizados, não poderia existir riqueza e haveria muito pouco refinamento. Assim, ao chegar ao Norte, esperava encontrar uma população rude, calejada e inculta, vivendo na mais espartana simplicidade, nada sabendo das facilidades, do luxo, da pompa e da grandeza dos senhores de escravizados do Sul. Sendo essas as minhas conjecturas, qualquer pessoa familiarizada com as condições de vida em New Bedford pode inferir quão claramente me dei conta de meu erro.

Na tarde do dia em que cheguei a New Bedford, visitei o cais, a fim de ver as embarcações. Ali, encontrei-me cercado das mais fortes provas de riqueza. Atracadas ao cais e navegando pelo rio, vi muitas embarcações do melhor modelo, nas melhores condições e dos maiores tamanhos. À direita e à esquerda, havia armazéns de granito das mais amplas dimensões, preenchidos ao máximo com as necessidades e os confortos da vida. Além disso, quase todos pareciam trabalhar, mas sem fazer ruído, se comparado com o barulho a que me acostumara em Baltimore. Não ouvia altas cantorias dos encarregados do carregamento e do descarregamento das embarcações. Não ouvia ameaças nem maldições horríveis contra os trabalhadores. Não via pessoas sendo açoitadas; tudo parecia correr bem. Cada pessoa parecia entender o próprio trabalho e realizá-lo com seriedade sóbria, mas alegre, indicando o profundo interesse pelo que estava fazendo, bem como um senso de sua própria dignidade como ser humano. Para mim, isso parecia estranho. Saindo do cais, caminhei pela cidade, contemplando maravilhado e com admiração as esplêndidas igrejas, as belas residências e os jardins finamente cultivados, o que evidenciava uma quantidade de riqueza, conforto, bom gosto e refinamento como eu nunca havia visto em parte alguma da Maryland escravagista.

Tudo parecia limpo, novo e bonito. Vi poucas ou nenhuma casa em mau estado, com moradores empobrecidos; nada de crianças seminuas e mulheres descalças como me acostumara a ver em Hillsborough, Easton, St. Michael e Baltimore. As pessoas pareciam mais capazes, mais fortes, mais saudáveis e mais felizes que as de Maryland. Foi a primeira vez que fiquei contente ao ver a riqueza extrema sem ter de me entristecer com a visão da extrema pobreza. Porém, o mais surpreendente e interessante, era a condição das pessoas negras, muitas das quais, como eu, tinham fugido para lá buscando refúgio dos caçadores de pessoas. Encontrei muitas delas, as quais haviam se livrado de suas correntes não fazia nem sete anos, morando em casas melhores e desfrutando mais do conforto da vida do que o senhor de escravizados comum de Maryland. Arrisco-me a afirmar que meu amigo, o senhor Nathan Johnson (de quem posso dizer com o coração agradecido: "Tive fome, e ele me deu de comer; tive sede, e ele me deu de beber; eu era um estranho, e ele me acolheu"[15]), morava em uma casa mais arrumada, jantava em uma mesa mais farta, escolhia, pagava e lia mais jornais e compreendia melhor o caráter moral, religioso e

---

15 Paráfrase do trecho bíblico em Mateus, 25:35. (N. do E.)

político da nação do que nove entre dez dos senhores de escravizados no condado de Talbot, em Maryland. No entanto, o senhor Johnson era trabalhador. Suas mãos estavam calejadas pelo trabalho, e não apenas as dele, mas também as da senhora Johnson. Descobri ali pessoas negras muito mais vivazes do que eu imaginava que poderiam ser. Encontrei entre elas a determinação de proteger umas às outras do sequestrador sedento de sangue a todo custo. Pouco depois da minha chegada, soube de um caso que ilustrou muito bem esse espírito. Um homem negro e um escravizado fugitivo brigaram. Escutou-se o primeiro ameaçar o último, dizendo que informaria a seu senhor sobre seu paradeiro. Imediatamente foi convocada uma reunião entre as pessoas negras, anunciada como "Um negócio importante!". O traidor foi convidado a comparecer. As pessoas chegaram na hora marcada e organizaram a reunião, nomeando um velho cavalheiro muito religioso como presidente, o qual, acredito, fez uma oração e em seguida dirigiu-se aos presentes da seguinte maneira: "Amigos, aqui o temos, recomendo que vocês, jovens, o levem para fora e o matem!". Com isso, vários rapazes partiram para cima do traidor, mas foram impedidos por pessoas mais calmas que eles; o traidor escapou da vingança e, desde então, não voltou a ser visto em New Bedford. Penso que não houve mais esse tipo de ameaça e, caso haja, não duvido que a morte seja a consequência.

No terceiro dia após a minha chegada, encontrei uma tarefa de estivador, de transportar uma carga de óleo para uma chalupa. Era um trabalho novo, sujo e árduo para mim, mas dediquei-me a ele de coração alegre e mãos dispostas. Agora eu era meu próprio senhor. Foi um momento feliz, cujo arrebatamento só pode ser compreendido por quem chegou a ser escravizado. Tratava-se do primeiro trabalho cuja paga seria inteiramente minha. Não havia nenhum senhor Hugh pronto para roubar meu dinheiro assim que eu o recebesse. Trabalhei naquele dia com um prazer que nunca havia experimentado antes. Estava trabalhando para mim e para minha esposa, com quem acabara de me casar. Era o início de uma nova existência. Quando terminei o trabalho, procurei serviço de calafetagem; contudo, tamanho era o preconceito entre os brancos contra pessoas negras que os calafetadores se recusavam a trabalhar comigo, então é lógico que não consegui emprego[16]. Não acreditando que meu ofício me traria benefícios naquele momento, abandonei minhas ferramentas e me preparei para fazer qualquer tipo de trabalho. O senhor Johnson me emprestou seu cavalete de madeira e sua serra, e logo encontrei muita ocupação. Não havia tarefa dura demais, nem suja demais. Estava pronto para serrar madeira, juntar carvão, transportar madeira, limpar chaminés e rolar barris de óleo – tudo o que fiz por quase três anos em New Bedford, antes de me tornar conhecido no meio abolicionista.

Entre 1831 e 1865, o ***Liberator*** foi o jornal antiescravagista de maior circulação nos Estados Unidos e, também, o que mais colecionou inimigos. Seu fundador e editor, o Garrison do prefácio deste livro, não aceitava meio-termo quando o assunto era abolição e chegou a ter a sua cabeça a prêmio na Geórgia por impressionantes 150 mil dólares (valor atualizado para os anos 2000). Os leitores do periódico eram, na maioria, negros livres do Norte do Estados Unidos.

Quatro meses após eu ter ido para New Bedford, um jovem me perguntou se eu não gostaria de receber o *Liberator*. Respondi-lhe que sim, mas que, tendo acabado de escapar da escravidão, não podia pagar pelo jornal naquele momento. Mesmo assim, acabei tornando-me assinante dele. Lia o periódico semana a semana, com sentimentos que seria bastante inútil tentar descrever. O jornal tornou-se minha carne e minha bebida. Minha alma se incendiava. A simpatia por meus irmãos acorrentados, as denúncias mordazes aos senhores de escravizados, as revelações fidedignas da escravidão e os poderosos ataques aos defensores dessa instituição provocaram um arrepio de alegria em minha alma, como nunca havia sentido antes!

Pouco depois de começar a ler o *Liberator*, já havia formado uma ideia bastante correta dos princípios, das medidas e do espírito da reforma contra a escravidão. De pronto me dediquei à causa. Podia fazer pouco, mas, o que pude, fiz com o coração alegre, e nunca me senti mais feliz do que em uma reunião abolicionista. Era raro ter muito a dizer nas reuniões, porque o que eu queria falar era muito mais

16 Soube que, agora, as pessoas negras podem trabalhar com calafetagem em New Bedford – resultado dos esforços dos abolicionistas. (N. do A.)

bem dito pelos outros. Porém, durante uma convenção abolicionista em Nantucket, no dia 11 de agosto de 1841, senti-me motivado a falar e, ao mesmo tempo, fui bastante encorajado a fazê-lo pelo senhor *William C. Coffin*, cavalheiro que me ouvira em uma reunião dos meus irmãos negros em New Bedford. Era uma cruz pesada, e eu a aceitei com relutância. A verdade é que me sentia um escravizado, e a ideia de falar aos brancos me pesava. Poucos momentos depois de começar a falar, porém, senti o grau de liberdade que então conquistara e disse o que desejava com considerável facilidade. Desde então, tenho me empenhado em defender a causa dos meus irmãos – com que sucesso e devoção, deixo àqueles que conhecem meus esforços decidirem.

Banqueiro branco de Nantucket – cidade que fica na ilha de mesmo nome, no estado de Massachusetts –, **William C. Coffin** participou, em visita a New Bedford em 1841, de um pequeno encontro de abolicionistas numa capela de negros. Por lá, teve a oportunidade de ouvir Frederick Douglass descrever rapidamente a sua experiência como escravizado. Coffin ficou impressionadíssimo com o depoimento articulado e emocionante de Douglass e o convidou a fazer uma palestra em uma convenção antiescravocrata que ia ocorrer dali a pouco em sua cidade. Foi nesse evento que William Lloyd Garrison ouviu pela primeira vez o autor deste livro discursar.

APÊNDICE

AO RELER MINHA NARRATIVA, percebo que, em vários momentos, falei de tal maneira sobre religião que isso pode dar a entender, aos que não estão familiarizados com meus preceitos religiosos, que eu seja um oponente de todas as religiões. A fim de afastar tal equívoco, considero apropriado anexar a breve explicação a seguir. O que disse a respeito da religião ou contra ela aplica-se estritamente à *religião dos escravagistas* desta terra, sem nenhuma referência ao cristianismo propriamente dito, pois, entre o cristianismo desta terra e o cristianismo de Cristo, reconheço imensa diferença – tão imensa que acolher um como bom, puro e santo significa, necessariamente, rejeitar o outro como mau, corrupto e perverso. Ser amigo de um é necessariamente ser inimigo do outro. Amo o cristianismo puro, pacífico e imparcial de Cristo; portanto, odeio o cristianismo corrupto, escravocrata, chicoteador de mulheres, saqueador de berços, o cristianismo parcial e hipócrita desta terra. De fato, não vejo razão, a não ser a mais desonesta, para chamar a religião desta terra de cristianismo. Vejo isso como o maior de todos os enganos, a mais ousada de todas as fraudes e a mais infame de todas as calúnias. Nunca houve um caso mais evidente de "roubo da farda da corte celestial para servir ao diabo"[17]. Encho-me de indescritível repugnância quando contemplo a pompa e os espetáculos religiosos, acompanhados

17 Frase baseada em versos similares do poeta escocês Robert Pollok (1798-1827), no longo poema *The Course of Time* [O curso do tempo]. (N. do E.)

das horríveis inconsistências que por toda parte me cercam. Temos sequestradores como ministros, chicoteadores de mulheres como missionários e saqueadores de berços como membros da igreja. O homem que durante a semana empunha o chicote ensanguentado sobe no domingo ao púlpito, onde afirma ser pastor do manso e humilde Jesus. O homem que rouba meus ganhos ao final de cada semana surge como líder de classe no domingo de manhã para mostrar-me o modo correto de viver e o caminho da salvação. Aquele que vende minha irmã para a prostituição destaca-se como o piedoso defensor da pureza. Aquele que proclama ser dever religioso ler a Bíblia me nega o direito de aprender a ler o nome do Deus que me criou. Aquele que é defensor do casamento religioso rouba milhões dessa instituição e deixa as pessoas à mercê da profanação. O defensor caloroso da sacralidade da relação familiar é o mesmo que dispersa famílias inteiras – separando maridos e esposas, pais e filhos, irmãs e irmãos, e deixando as cabanas vazias e os lares desolados. Vemos o ladrão pregando contra o roubo, e o adúltero contra o adultério. Homens são vendidos para a construção de igrejas, mulheres são vendidas para angariar recursos à difusão do Evangelho e bebês são vendidos para a compra de Bíblias destinadas ao *pobre pagão! Tudo pela Glória de Deus e pelo Bem das Almas!* O sino do comerciante de escravizados e o sino da igreja tocam juntos, e os gritos amargurados do escravizado de coração partido são abafados pelos gritos religiosos de seu piedoso senhor. As cerimônias religiosas e as cerimônias do comércio de escravizados andam de mãos dadas. A prisão dos escravizados e a igreja ficam próximas uma da outra. O tilintar dos grilhões e o chacoalhar das correntes na prisão podem ser ouvidos ao mesmo tempo que o salmo piedoso e a oração solene

---

A coisa toda de os cristãos "esquecerem" os preceitos da **Bíblia** para praticarem a violência da escravidão era uma medida totalmente premeditada. Tanto era assim que havia até uma Bíblia dos Escravizados – um livro com o texto original protestante todo cortado para ser usado por missionários britânicos na catequese dos negros escravizados, sem dar a eles alguma ideia que fosse semente de revolta. Nessa versão adaptada para controlar e oprimir, cerca de noventa por cento do Velho Testamento foi descartado, assim como metade do Novo Testamento. Na versão bíblica padrão, existem 1.189 capítulos. Na adaptação escravagista, constam apenas 232 capítulos.

Quando era hora de começar um leilão de pessoas escravizadas, o **leiloeiro** mandava tocar um **sino**, para que nenhum comprador em potencial perdesse a "oportunidade". E o ritual sonoro era bem parecido com o que as igrejas cristãs faziam para anunciar cultos e outros eventos.

---

na igreja. Os negociantes de corpos e almas armam sua tenda diante do púlpito, e todos se ajudam mutuamente. O negociante dá seu ouro manchado de sangue para sustentar o púlpito, e o púlpito, em troca, cobre seus negócios infernais com o manto do cristianismo. Aqui temos religião e roubo como aliados um do outro – demônios vestidos com roupas de anjos, e o inferno apresentado com a aparência do paraíso.

Deus justo! E são estes
Os que pregam em Teu altar, Deus fiel!
Homens cujas mãos, entre orações e bênçãos,
Tocam a arca luminosa de Israel.

Quê! Pregar e raptar pessoas?
Dar graças e roubar Teus pobres aflitos?
Falar de Tua gloriosa liberdade e, depois,
Trancar com força a porta dos cativos?

Quê! Servos do Teu filho,
O misericordioso, que veio para abrigar
Os desabrigados e os proscritos,
Contra o encarregado de saquear o escravizado?

Pilatos e Herodes como amigos!
Sacerdotes e governantes, juntos desde sempre!
Justo e santo Deus! É a Tua igreja que concede
Força ao espoliador?[18]

O cristianismo dos Estados Unidos é um cristianismo de cujos devotos pode-se dizer o que já se disse dos antigos escribas e fariseus: "Eles atam pesados fardos, difíceis de suportar, e os colocam nos ombros dos outros, mas eles mesmos não estão dispostos a levantar um só dedo para movê-los. Tudo o que realizam

"**Deus justo!**" inicia este trecho de outro poema do John Greenleaf Whittier, "Clerical Oppressors" (que traduzo aqui como "Opressores eclesiásticos"), de 1836. Os versos foram escritos depois que ele leu uma notinha em um jornal sobre a presença de clérigos de todas as denominações protestantes da região dando seu apoio total a um encontro pró-escravidão, acontecido na cidade de Charleston, na Carolina do Sul, em 4 de setembro de 1835.

Os **escribas** eram especialistas nas leis judaicas, responsáveis por fazer, à mão, as cópias dos livros da Bíblia. Só que, aos poucos, foram ficando com a sensação de serem os grandes donos da verdade, além de rígidos demais, impondo suas próprias interpretações do que estava no texto. Já os **fariseus** eram judeus ortodoxos, um grupo de pessoas que seguiam ao pé da letra o que estava escrito e se importavam bastante com a aparência de certinho quando, às vezes, estavam até fazendo muita coisa errada. Pois é a arrogância e a hipocrisia desses dois grupos distintos – escribas e fariseus – que Jesus aponta e critica em certos trechos da Bíblia.

18 Tradução livre do poema de John Greenleaf Whittier (1807-1892). (N. da T.)

Os **filactérios** são umas faixas de pergaminho com passagens da Bíblia escritas nelas, que os judeus levavam junto da testa e do braço.

é para fazer vista aos homens. Por isso alargam seus filactérios e alongam as franjas de suas vestes. Tomam os lugares principais nas festas e as primeiras cadeiras nas sinagogas. Amam ser chamados pelos homens: 'rabino, rabino'. Mas ai de vós, escribas e fariseus, hipócritas! Porque fechais aos homens o reino dos céus; porque vós mesmos não entrais, nem deixais entrar os que estão entrando. Arruinais as casas das viúvas, com o pretexto de longas orações; recebereis, portanto, a condenação maior. Circundais terra e mar a fim de fazer um convertido e, quando o conseguis, fazeis dele duas vezes mais filho do inferno do que vós. Ai de vós, escribas e fariseus, hipócritas! Porque pagais o dízimo da hortelã, do endro e do cominho e desprezais as coisas mais importantes da lei: o juízo, a misericórdia e a fé; devíeis cuidar dessas coisas, sem deixar as outras por fazer. Ó guias cegos, que coais um mosquito mas engolis um camelo! Ai de vós, escribas e fariseus, hipócritas! Porque limpais o lado de fora do copo e do prato, que por dentro estão cheios de extorsão e transgressão. Ai de vós, escribas e fariseus, hipócritas! Porque sois semelhantes a sepulcros caiados, formosos por fora, mas cheios de ossos dos mortos e de toda imundície por dentro. Assim também, vós exteriormente pareceis justos aos homens, mas por dentro estais cheios de hipocrisia e iniquidade"[19].

Por mais sombrio e terrível que seja esse quadro, considero-o estritamente verdadeiro para a esmagadora massa de cristãos professos nos Estados Unidos. Eles coam mosquitos, mas engolem camelos. Alguma coisa poderia ser mais verdadeira em nossas igrejas? Todos ficariam chocados com a proposta de fazer amizade com um ladrão de ovelhas, mas, ao mesmo tempo, abraçam em comunhão um ladrão de pessoas, enquanto me acusam de infiel se eu os critico por isso. Atendem com rigor farisaico às questões mais irrelevantes da religião e, ao mesmo tempo, negligenciam os assuntos mais importantes da lei: o julgamento,

19 Aqui são evocados vários trechos do capítulo 23 do Evangelho de São Mateus. (N. da T.)

a misericórdia e a fé. Estão sempre prontos para fazer sacrifícios em nome de Deus, mas raramente estão prontos para mostrar misericórdia. São aqueles que professam amar a um Deus a quem nunca viram, enquanto odeiam seu irmão a quem podem ver. Amam os pagãos do outro lado do mundo: oram por eles e pagam para colocar a Bíblia em suas mãos e por missionários para instruí-los; enquanto isso, desprezam e negligenciam os pagãos que estão em suas próprias portas.

Em resumo, essa é minha visão da religião desta terra; e, a fim de evitar qualquer mal-entendido decorrente do uso de termos gerais, por "religião desta terra" quero dizer a que é revelada pelas palavras, pelos feitos e pelas ações daqueles que, do Norte ao Sul, chamam-se cristãos, ao mesmo tempo que permanecem unidos a senhores de escravizados. É a religião assim professada que sinto ser meu dever denunciar.

Concluo estas observações apresentando o seguinte retrato da religião do Sul (que, por comunhão e irmandade, é também a religião do Norte), a qual afirmo com sobriedade ser "fiel à vida", sem caricatura ou o menor exagero. Diz-se que foi elaborado, vários anos antes do início da atual agitação abolicionista, por um pregador metodista do Norte, que, enquanto residia no Sul, teve a oportunidade de ver a moral, os costumes e a piedade dos senhores de escravizados com seus próprios olhos. "Não devo eu castigá-los por isso?", pergunta o Senhor. "Não devo eu vingar-me de uma nação como esta?"[20]

UMA PARÓDIA[21]

A **paródia** aqui é em cima de um hino protestante antigo chamado *Heavenly Union* [União celestial], que fala de como um pecador se redimiu e encontrou a salvação.

Venham, ouçam-me contar, santos e infratores,
Como açoitam Jack e Nell os piedosos pastores
De mulheres são compradores; de crianças, vendedores

20 Referência ao trecho da Bíblia em Jeremias, 5:9. (N. da T.)

21 Tradução livre, realizada por Fátima Mesquita. (N. do E.)

Mas pregam que o inferno é o destino dos pecadores,
E cantam em união celestial.

Como cabras balem e berram
Jogam fora o pequeno e aos diferentes enterram
Enquanto casacos finos suas costas carregam
E então, pela garganta, o seu negro assim pegam
E esganam pela união celestial.

Se ele bebe um pouco, ouve uma pregação
Se rouba uma ovelha, ganha sua condenação
Mas do velho Tony, da Doll e do Sam, roubam sem coração
Os seus direitos, a sua dignidade e o seu pão
E sequestram em união celestial.

As recompensas de Cristo pregam
Mas pelos pés nos amarram e pegam;
E o odioso chicote balançam enquanto praguejam
E aquele que, em Deus, é seu irmão mercam
Para as algemas da união celestial.

Mercar > fazer comércio, comprar.

Leem e cantam de forma profunda e sagrada,
Recitam longas orações enquanto nos jogam praga,
Ensinam o certo, mas vivem uma vida toda errada
Cuidam dos seus e nos condenam a uma vida desgraçada
Com palavras de união celestial.

E nos perguntamos: como podem tão santos cantar,
Ou no púlpito subir para a Deus louvar,
Se, rugindo, vêm nos reprimir e açoitar
E a seus escravizados e a Mamon se agarrar,
Na culpada união celestial.

Mamon é uma expressão usada na Bíblia para falar em riqueza e cobiça, geralmente como se fosse o nome de um deus pagão.

Plantam milho, centeio e tabaco
Lucrando com o mentido, o ilícito, o roubado
E até aos céus chegam seus tesouros pilhados,
Fruto do estalar do chicote em corpos condenados
Na esperança da união celestial.

O crânio do velho Tony eles quebram
E rugindo como os touros de Basã pregam
E como burros zurram enquanto tanto erram
Agarrando o velho Jacó pelas barbas enquanto rezam
E o arrastam para a união celestial.

No salmo 22, na Bíblia, o narrador pede clemência e ajuda a Deus, contando os desafios que tem enfrentado, como quando "muitos touros me cercaram; fortes **touros de Basã** me rodearam".

Urram e praguejam os vis sequestradores
De carneiro, vitela e bife são devoradores
Sem jamais oferecer alívios consoladores
Ao necessitado, filho negro, sinônimo de dores
Homens importantes na união celestial.

"Não amem o mundo", disse o pastor,
Piscando o olho e sorrindo para a dor;
Então pegou Tom, Dick e Ned com ardor
Cortou deles a carne, as roupas, o vigor
E segue amado na união celestial.

Outro pastor, sentido, falou
Do coração partido de quem peca e pecou;
Mas a velha babá a um carvalho amarrou,
E com golpes fortes a feriu e sangrou
E rezou pela união celestial.

Dois outros suas grandes bocas abriram
E com suas garras de roubar crianças surgiram
Dando a seus filhos aquilo que os outros nunca viram
Enquanto os negros de costas, bocas fechadas, sofriam
A manutenção da união celestial.

Do Jack levaram tudo o que queriam,
Com flertes e libertinagens se divertiram
Como cobras elegantes e lustrosas se viram
Enchendo as próprias bocas com todos os doces que existiam
Engolindo gulosamente a união celestial.

Sincera e honestamente, esperando que este pequeno livro possa contribuir para a compreensão sobre o sistema escravocrata americano e apressar o glorioso dia da libertação de milhões dos meus irmãos acorrentados, confiando no poder da verdade, do amor e da justiça, para o sucesso dos meus humildes esforços e outra vez me comprometendo com a causa sagrada, subscrevo-me,

Frederick Douglass

LYNN, Massachusetts, 28 de abril de 1845.

FIM

attemp
was made
emphatic as to the
of Johnsons,
added to the
me to allow

Betsey Bailey

Avó de Frederick, com quem ele viveu até os sete anos, por ter sido separado da mãe ainda bebê.

PARENTES

FREDERICK DOUGLASS

Abolicionista, líder político, editor de jornal e escritor, foi um dos afro-americanos mais influentes na história dos Estados Unidos.

CASADOS

Anna Murray

Filha de escravizados alforriados, ajudou Frederick a fugir e casou-se com ele.

David Ruggles

Negro nascido livre, auxiliou centenas de escravizados fugitivos, entre eles Frederick.

William Lloyd Garrison

Fundador do jornal *The Liberator*, ajudou a criar as primeiras organizações abolicionistas dos Estados Unidos.

Sophia Auld

Primeira dona de Frederick, tratou-o com gentileza e começou a ensiná-lo a ler.

Capitão Thomas Auld

Outro dono do garoto Frederick, que o enviou para trabalhar com Edward Covey, o "amansador de escravizados".

Austin Gore

Feitor temido pela crueldade e barbárie, assassinou um escravizado com um tiro.

LUCIANA SOARES DA SILVA

é tradutora, editora e revisora de texto nascida em São Bernardo do Campo. Formada em letras, com habilitação em português e francês (USP), e em jornalismo (Unesp), faz especialização em literatura portuguesa e africana (UFRJ). Conhecedora de vinhos, gosta do sol, da vida ao ar livre, do silêncio, de descobertas musicais e de conhecer pessoas, inclusive aquelas fora da própria bolha. E gosta de livros, que lhe são companhia desde a infância. Mulher negra que estuda e atua contra o racismo, fundou há quatro anos a Aziza Editora, que publica apenas livros de autoria negra, com narrativas mais plurais e abrangentes, para a construção de novos imaginários.

FÁTIMA MESQUITA

é uma colecionadora profissional de letras e sentenças. Apaixonada por línguas em geral e mais ainda pelo português, essa mineira de Belo Horizonte tem vasta experiência como redatora, escritora, jornalista, tradutora, pesquisadora, roteirista de rádio e TV, e ainda no ensino de português, redação e história. No seu currículo há trabalhos feitos para BBC World Service Trust, Unicef, Discovery Channel Canada, Rádio e TV Bandeirantes, Grupo Abril, TV Cultura de São Paulo, Fiocruz, dentre outras empresas. Curiosa e *workaholic*, é das suas muitas leituras que extrai informação para as notas e comentários das coleções de clássicos da Panda Books. É autora de onze livros publicados para crianças e jovens, com traduções na Alemanha e na China. Já morou em várias partes do Brasil, além de ter tido endereço fixo em Angola, na Inglaterra e, por vinte anos, no Canadá. Agora está de volta no Brasil cheia de planos para mais livros.

LUIZ MELLO, ou Melluizo, é designer e ilustrador de São Paulo, formado em design gráfico pela Unesp-Bauru. No campo da ilustração, gosta de misturar mídias diversas, do vetor ao manual, sempre explorando as proporções do corpo humano e mantendo o uso de cores vibrantes em seu estilo pessoal. Além da paixão por cores, suas ilustrações também combinam geometrização com texturas marcantes e explosivas, numa harmonia caótica. Seus trabalhos estampam livros, revistas, embalagens, camisetas, apps e jogos de diversos segmentos. Já foi destaque em premiações como Brasil Design Award e Latin American Design Award.